ヒロ
hiro

「私が貴方を守りきったその時、
このネックレスはお返しします。我が姫」
「ふふ、本当にホロ小説みたい」

クリス
chris

目覚めたら最強装備と宇宙船持ちだったので、
一戸建て目指して傭兵として自由に生きたい

リュート

[ill.] 鍋島テツヒロ

目覚めたら最強装備と宇宙船持ちだったので、一戸建て目指して傭兵として自由に生きたい

2

口絵・本文イラスト
鍋島 テツヒロ

装丁
coil

CONTENTS

プロローグ

くすぐったくて目が覚めた。

温もりの中、何かが俺の鼻先をくすぐっている。まだ覚醒しきっていない脳はこの温もりと安寧に満ちた状態から抜け出すことを拒否し、脳の指令がない身体は全く動こうとしない。何かが俺の身体をぎゅっと締め付けてくる。胸元にふにゅりとあたたかく、柔らかいものが押し付けられる。これぞ極楽だ。

ああしかし悲しいかな、そこまで状況を認識してしまった脳は否応なしに覚醒の度合いを一気に高めて現在の状況を推測し、把握し、そしてその活動によってさらなる覚醒が齎される。

パチリと目を覚ますと、明るい茶色の頭が目の前にあった。このふわふわな髪の毛が俺の鼻先をくすぐっていたらしい。俺の片腕を枕にして、俺の首元に顔を押し付けるように抱きついて寝ている女の子が一人。俺も彼女も紛うことなき全裸である。まぁ、つまりそういう関係なのだ。

さて、どうしたものか。身動ぎして起こしてしまうのも可哀想だが、俺としてはシャワーを浴びたいしトイレにも行きたい。今の時刻はわからないが、特に寝不足な感じもしないし起きるのに早すぎるということはないだろう。うん、起こそう。できるだけ穏便に。

目の前の明るい髪の毛に自由なほうの手を伸ばして彼女の頭を撫でる。少しすると、むずがるような声を出して彼女が目を覚ました。寝ぼけまなこで俺の顔をぼんやりと見つめ、彼女は微笑みを浮かべる。

「おはよう、ミミ」

「おはようございます、ヒロ様」

さて、俺達が今向かっている目的地――シエラ星系の話をしようか。

俺達が滞在していたハイテク星系であるアレイン星系からはハイパーレーンを通る回数で言うと四つ先だ。ハイパーレーンというのは恒星系と恒星系を繋ぐ亜空間の高速道路みたいなものだと思ってくれればいい。それを利用することによって数十光年、数百光年の距離を数十時間で移動できるというわけだな。

で、シエラ星系だが一般的にはリゾート星系として知られている星系であるらしい。

リゾート星系とはなんぞや？　という話なのだが、つまるところは一級市民権を持っていない帝国臣民や、俺のようなそもそも市民権すら持たない傭兵、外国人でも惑星上に降りて様々な自然体験や海や山でのアクティビティを楽しんだり、野生動物を狩猟してその肉でバーベキューなどを楽しむことができる星系なのだとか。

自然体験とはつまり、朝になったら日が昇り、青空の中、白い雲が遥か高空をゆっくりと過ぎ去り、場合によっては雨が降り、夕焼けを経て日が沈み、空に満天の星が輝き、運が良ければ流れ星が見られる。そういうのを最高の自然体験というのだとシエラ星系のパンフレットに書いてあった。

「なんだか壮大ですよね！」

「そうね。コロニー生まれのコロニー育ちだと見る機会はないものね」

シエラ星系のパンフレットを表示したタブレットを手にミミが笑顔を浮かべ、それに追従するようにエルマも微笑みを浮かべる。

朝、ミミと一緒に目覚めた俺は二人で風呂に入り、さっぱりした後に食堂でエルマと合流。朝食を取ってから食休みのためにそのまま食堂で駄弁っているのであった。

「うーん……」

ミミが壮大と言う現象も、俺にしてみれば見慣れた光景なんだよなぁ。レジャーの類もつまりはキャンプみたいなものだろう？　別に目新しいものじゃないというか、そこまで感動する要素はない。俺的には。

でも青い空の下、砂浜で水着を着たミミとエルマがキャッキャウフフしているのは見たい。是非見たい。この世界におけるレジャーというものも体験してみたいし、まぁバカンスを楽しむのはアリだろう。

ちょっと脱線したな。シエラ星系の話に戻るか。

シエラ星系が多くの居住可能惑星を持つリゾート星系だという話はしたが、だからといってコロニーが無いわけではない。各惑星に物資を供給するための基地として、リゾート地でのバカンスを自分達が楽しむ順番が回ってくるのを待つ人達のための宿泊地として、リゾート惑星が生み出す高級な自然生成物を輸出するための交易基地として、そしてそれらを現地でやり取りするための市場として……そういった様々な目的のもとに建造された大規模コロニーが存在するのだ。

あまりに滞在費の高いリゾート惑星への降下をはなから諦めて、その大規模コロニーでのバカンスを仮想現実で疑似体験するだけで満足する人も結構多いらしい。なんというか本末転倒じゃなかろうか?

リゾート星系としてのシエラ星系の説明はこんなところか。ここからは傭兵の狩場としてのシエラ星系の説明だ。

リゾート星系と言うだけあって、この星系にはかなりの数の旅行者が訪れる。旅客船の就航数も多く、その旅客船を守るための護衛もそれなりに多い。そして、リゾート惑星に供給する物資を他の星系から運んでくる船も多いし、物資が多く集まるところには商機が生まれるので商船の数も少なくない。

さて、ここまで話せばわかると思うが、民間船の多く集まる場所に奴らは現れる。そう、宙賊だ。

旅客船に乗っているのはリゾート地にバカンスに訪れるような人々なので、それなりに裕福な人が多い。攫って身代金を要求したり、そのまま違法奴隷として売り払ったり、自分達の『楽しみ』のために使ったりと用途は多い。

商船や輸送船は言わずもがなだ。商品価値の高い品を運んでいる船もそこそこ多く、そうでなくとも嗜好品や食料品、その他生活必需品を積んでいる率が非常に高いのだ。狙わない理由がない。

無論、客船や商船も宙賊に対して無防備でいるわけがないので、それなりに護衛を雇ったりして自衛している。ならばというわけで宙賊も徒党を組んで襲ってくる。必然、この宙域で遭遇する宙賊は場合によっては十隻どころか二十、三十隻と徒党を組んでいることが多いのだという。

傭兵の仕事としては宙賊狩りだけでなく、商船の護衛任務なども多々あるようだ。どちらにせよ、単独ではキツいので、シエラプライムコロニーの傭兵ギルドでは所謂『野良』の船団を組んでチームで行動する傭兵も多いらしい。

「ヒロ？」

「ん？　どうした？」

「いや、急に黙りこくってどうしたのよ？」

「考え事をしてただけだ。シエラ星系でどう稼ぐか、ってな」

「あんたって意外と真面目よね。リゾート星系に来てまでバカンスよりビジネスのことを考えるとか」

「意外と言われると微妙な気持ちになるんだが……まぁ性分というか習慣のようなものだな」

呆れた表情で酷いことを言うエルマに肩を竦めて答える。実は国民的な習性かもしれないけどな。放っておいたら過労で死ぬまで働くっていうある種異常とも言えるアレだ。

「ともあれ、まずはシエラプライムコロニーか」

「そうですね。リゾート惑星でバカンスを楽しむのにもコロニーで手続きが必要らしいですし」

「じゃあハイパースペースから出たらすぐに向かうとしよう。出るまであとどれくらいだっけ？」

「一時間半くらいね」

「それならトレーニングした後に汗を流す時間くらいはありそうだ」

「あんたも頑張るわねぇ」

「健全な精神は健全な肉体に宿るって言うだろ」

「あんたが言っても説得力がないわよねぇ」

「心外な。俺ほど品行方正な快男児なんてそういないぞ」

「自分で言うのはどうなのよ」

エルマがジト目を向けてくる。仕方ないだろう、この世界のゲームはどうにも俺の肌に合わないものばっかりなんだ。時間を潰す方法なんて適当に買っておいた電子書籍を読むか、トレーニングルームで身体を動かすか、ミミかエルマと一緒にベッドルームで身体を動かすかくらいしかないんだから。何か時間を潰せる趣味をこの世界でも探したほうが良いのかね？

「ヒロ様、私も行きます！」

「そうか。じゃあ行くか」

「……私も行く」

「そうか？」

ミミはともかくとして、何故かエルマまで一緒にトレーニングルームに行くことになった。そんなに広くないんだけどな、トレーニングルーム。まぁいいけど。

三人でそれぞれ身体を動かして汗を流す。俺は主に筋肉に負荷をかけて筋力を向上させるメニュー。ミミは持久力を養うメニュー、エルマは柔軟性や瞬発力を高めるメニューを行うことが多い。

「あいたたたたたっ！」

「あんた身体固いわねぇ。つけた筋肉を有効に利用するためにも身体の柔らかさは重要よ？」

「いだだだだっ⁉　曲がんないから！　そんなに曲がんないから！」

「いけるいける。ほら、いっちにーさんし」

「アァ――ッ⁉」

今日は柔軟をメニューに組み込んだのだが、エルマが容赦ない。硬い俺の身体を容赦なくグイグイと折り曲げてくる。しぬ。

「そんなに辛(つら)いですか？」

「ミミは身体が柔らかいわねぇ」

「身体の柔らかさには自信があります！」

「うごごごご……」

ほのぼのとした会話の裏でエルマに折り畳まれている俺のことも気にかけてください！　泣いてる子もいるんですよ！

そんな調子でトレーニングをこなし、ミミとエルマは身体を動かしてスッキリした様子で、そして俺は全身の硬くなっていた筋を伸ばされまくってガタガタになった身体をふらつかせながらトレーニングルームを後にするのだった。これ、簡易医療ポッドに入ったほうが良いかな……？

#1：眠り姫

「間もなく通常空間に出ます。カウント、5、4、3、2、1……出ます！」

　ぎゅいおおおんとでも言えばよいのか、それともぎゅおおおんとでも言えばよいのか。とにかく形容し難い音を立てて俺達は極彩色の光溢れる空間から星々が煌めく宇宙空間へと帰還した。

「星系データ照合、座標確認……現在座標の特定に成功」

「シエラプライムコロニーへのナビゲーションデータを設定します」

　すぐさまエルマがシエラ星系のデータと周辺の情報を照合して現在地を割り出し、そのデータを基にミミが目的地へのナビゲーションを設定する。ミミやエルマと出会ったターメーン星系からここに移動してくるまでに何度もやった作業だ。ミミも慣れたのか、かなりスムーズにいくようになってきたな。

「よぉし、んじゃ行くとしますかね。超光速ドライブ用意」

「了解、超光速ドライブチャージ開始。カウント、5、4、3、2、1……チャージ完了」

「超光速ドライブ起動」

　ズドォン、という爆発音のような音を響かせてクリシュナが超光速ドライブ状態へと移行する。光点だった星々が線となり、後方に過ぎ去って行き始めた。

「シエラプライムコロニーへの到着は……何もなければおよそ十分ってところか」

「そうですね。この前のようにトラブルがなければ――」

そうミミが言ったのがフラグだったのだろうか。コックピットにアラームが鳴り響き始めた。

「……ミミ」

「えぇっ⁉　私が悪いんですかっ⁉」

俺に名前を呼ばれたミミが涙目になる。

「いや、ミミが悪いってわけじゃないんだけどな？　あまりにもお約束な展開だったからさ」

「インターディクター向けられてるのに呑気ねぇ……」

インターディクターというのは、航行している船の超光速ドライブ状態を強制的に解除し、通常の航行状態に引き戻す装置のことである。具体的な理論はよくわからないが、質量やら重力やらをどうにかこうにかしてうまいことやるらしい。まったくもって理解の及ばない世界だが、とにかく、インターディクターによるインターディクトをかけてくるような相手というのは二種類……いや、三種類しかない。

一つは、巡回中の星系軍。俺のこの船、クリシュナみたいに単艦で行動している船は正直に言えば不審船だ。普通、商船や客船というものは護衛をつけ、船団を組んで航行しているものである。単艦で飛び回っている船なんてのは、傭兵かはぐれ宙賊くらいのものだ。つまり怪しいので星系軍はそういう不審船を見かけるとインターディクターを使って船を止め、臨検を実施してくることがある。

もう一つは当然の如く宙賊だ。奴らはインターディクターを使って超光速ドライブ中の商船や客船を止め、力でもって船を拿捕し、乗員、乗客、積荷を襲って奪う。

最後の一つが俺と同じ傭兵だ。賞金首の中には単艦で逃げ回るようなやつもいるので、そういうのを追っている傭兵の船は対象を仕留めるためにインターディクターを使うことがある。クリシュナも一応積んでいる。滅多に使うことはないけど。

「相手は何だと思う？」

「十中八九宙賊でしょ」

「だよな」

インターディクトをかけてきている今も何の警告も発せられていない。エルマの見立ては間違いあるまい。

「どうして狙われたんでしょうか？」

「私達が単艦だからでしょ。ハイパースペースからアウトした瞬間にレーダーで捉えられてたんだと思うわよ」

インターディクターの発する重力場？　からのらりくらりと逃れながら相談を続ける。ケツについてインターディクトをかけてきているやつ、あんまり上手くないな。やろうと思えば難なく抜けられそうだが。

「殺るか」

「大丈夫？　この星系の宙賊は一集団ごとの規模が大きいらしいけど」

「大丈夫だ。インターディクトの腕がこれなら高が知れてる」

「そう？　そうね。それじゃあやりましょうか」

「ああ。ミミ、戦闘準備だ。多分数が多いからレーダーに注視しろ。あと、Gにも備えておけ。対

Ｇ装置で吸収しきれない機動を取るかもしれないから」

「わかりました！」

「エルマ、通常空間に戻り次第チャフ展開。必要があればフレアも」

「わかってるわ。いつでも良いわよ」

「それじゃあ行くぞ」

出力を急激に落とし、インターディクターの力に逆らわずに超光速ドライブ状態を解除する。戦うことを選択するのなら、強制的に超光速ドライブ状態を解除されるよりも自分で解除したほうが隙が少ないのだ。

ズドォン！　という音と共に超光速ドライブ状態が解除され、線になって流れていた星々が停止し、光点へと戻る。

「未確認機からロックオンされています！　敵影十三！」

「チャフ展開」

「ウェポンシステムオンライン。行くぞ！」

落としていた出力を全開にして戦闘機動を開始する。さぁ、ショータイムだ。

「状況終了。うーん、不完全燃焼」
結論から言うと、インターディクトをかけてきた宙賊との戦闘は実にあっさりと終わった。

機動性で引っ掻き回し、散弾砲と四門の重レーザーでバシバシと攻撃したら奴らはそれだけで算を乱して逃げ回り始め、ろくな反撃をすることもなく全滅したのだ。

「この艦が反則すぎるだけよ。ジェネレーター出力おかしくない？　見た目は小型艦だけど、出力と火力が大型艦並みじゃないの」

「反則っぽいってのは否定しない。でも、機動特性は割とピーキーだぞ」

「まぁそうね。スワンほどじゃないけど」

「アレを使いこなしてたエルマは間違いなく腕利きだと思うぞ……アレは俺には無理だ」

エルマと話をしながらクリシュナを宙賊艦の残骸のほうへと進めて戦利品のサルベージを開始する。

「いつものことですけど、なんというか……」

和気藹々と言っても良いほどの明るい調子で話をする俺とエルマにミミが微妙な視線を向けてくる。ふむ。断末魔を聞いて引っ張られたか。なかなかに臨場感ある命乞いをしていたからな。

「人を殺したっていうのに平然としすぎてる？」

「えっと……」

ミミはエルマの質問に言い淀んだ。その通りなのだろうが、俺とエルマにそう言うのは気が引ける、といったところだろうか。

「ミミ、いちいち気にしていたらキリがないぞ。アレは人を襲うたちの悪い宇宙怪獣みたいなもんだから。ある程度知恵が回って理解できる言葉を話す分始末に負えないけどな」

「ヒロの言う通りよ。あいつらが上げる断末魔や命乞いの声なんか気にする必要はないわ。あいつらは何の罪もない民間船を襲って散々そんな悲鳴を無視してきたクズどもなんだから。因果応報ってやつよ」

「……はい」

ミミからしょんぼりとした声が返ってくる。席が離れているから表情は見えないが、きっと暗く沈んでいるのだろう。

「まぁ、でも辛いかもしれないけどミミはそのままのほうが良いのかもな。俺とエルマはこんなだから、ミミにはこの船の良心として優しい心を持ち続けてもらったほうが良いのかもしれん」

「私にだって良心くらいはあるわよ……？　でもミミ、宙賊に容赦はしてはいけないの。奴らを一人逃せば何十人、何百人もの人が不幸になるかもしれないんだからね」

「……はい」

ううむ、テンションは今ひとつ戻らないようだ。こういう時、どんな言葉をかけたら良いかわからないの。ごめんなミミ。

「大した積荷は無いみたいね」

「だなぁ。保存食、酒、少量のレアメタルくらいか。装備もわざわざ引っ剥がしてまで持っていくようなものは……Ｏｈ」

ドローンを操作して戦利品を漁っていると、思わず溜息の出るようなものを見つけてしまった。

「どうしたの？」

「やべーもんを見つけたかもしれん」

「えぇ？　何よ、また歌う水晶？」

「いんや、これ」

俺が見つけた戦利品のデータをミミとエルマに送る。

「これは……コールドスリープポッド？　げ、中身入りじゃない」

俺の送ったデータを確認したエルマが嫌そうな声を上げた。

コールドスリープポッドというのは、客船などに装備されている緊急用の脱出ポッドだ。中に入って脱出した人間を低温下で仮死状態にして代謝を抑え、少ないリソースで長時間生存できるようにするものである。

　射出して一定時間後に救難信号が発せられるようになっており、コールドスリープ状態で搭乗者が生存しているうちになんとか他の船に回収してもらおうというコンセプトの緊急避難装置だな。

　ちなみにステラオンラインにおいては換金アイテムみたいなもんである。この世界においてはそんな単純な物体ではないのだが。

「中身入りってことは……生存者ですか？」

「ポッドがイカれてなければそうなるな……放置して帰るわけにもいかないよな」

「いかないわね」

　これも発見者に救命義務が課せられている。発見して放置した場合は結構な重罪になり、その首には懸賞金がつくらしい。バレへんバレへんと放置して多額の賞金を懸けられてしまう傭兵や商船主の話には枚挙にいとまがない。

「回収するかぁ……んで可及的速やかにコロニーに向かおう」

「バカンスに来たっていうのに早速ケチが付いたわねぇ……まぁ宙賊に襲われた時点でケチは付い

てたけど」

「えっと、なんでそんなに面倒臭そうなんでしょうか……？」

ミミの言葉に俺とエルマは目を見合わせた。メインパイロットシートとサブパイロットシートは隣り合っているからこうやって視線を合わせられる。

で、今は互いにお前が説明しろよ、あんたが説明しなさいよと説明役を押し付けあっているわけだが……いや、さっきミミに宙賊に関してちょっと厳しいことを言った手前、人命救助をめんどくさがる理由を説明しにくいんだよ。

結局はエルマが折れて溜息を吐いてから説明を始める。

「コールドスリープポッドを使うとモノによっては数日の間記憶の混乱が起こることがあるのよ。だから、一週間ほどの間は救助した人が『中身』の保護義務を負うことになってるの。記憶が戻った後にその間にかかった費用なんかはその人に請求できることにもなってるけどね」

「つまり、一週間の間はバカンスにも行けないし、宙賊狩りにも行けないってことだな……まぁ、人助けだから仕方ないな」

「そうですね。人助けは良いことだと思います。私もエルマさんも、ヒロ様のそういうところに助けられましたから」

「……そうね。ケチが付いたなんて言ったらバチが当たるわね。あとは『中身』に問題がなければ良いけど」

「中身なぁ……そればかりは開けてみないことにはなぁ」

中から出てくるのが記憶の混乱があっても理性的な人なら良いんだが……エルマから聞いた話だ

とんでもないのが出てくることもあるらしいからなぁ。

「何にせよ、シエラプライムコロニーにさっさと向かうとしようか。回収も終わったし」

「そうね。ミミ、ナビゲーションの再設定をお願い」

「はい、ナビゲーションデータを設定します」

シエラプライムコロニーへのナビゲーションデータが設定され、コックピットのメインディスプレイ上に目標が表示される。

「よーし、じゃあ行くぞ。超光速ドライブチャージ開始だ」

「はい、チャージ開始します」

こうして俺達は中身不明のコールドスリープポッドをカーゴに収め、シエラプライムコロニーへの移動を再開するのだった。

コールドスリープポッドの『中身』がどんな面倒事を引き起こすかも知らぬままに。

☆★☆

シエラプライムコロニーは俺とミミやエルマが出会ったターメーンプライムコロニーと同じトーラス型……いや、移動用エレベーターと中心部の低重力港湾区画も加味するとタイヤのような形のスペースコロニーである。

こちらのほうが規模が大きく、タイヤの直径も太さもターメーンプライムコロニーの二倍くらいはありそうだ。一体何万人の人間を収容できるのだろうか？

「ターメーンプライムコロニーと似てますね」

「同じタイプのコロニーだからね。でも中身は全く違うわよ」

ミミとエルマが話をしているが、ミミの声に少し元気が無い。故郷と同じタイプのコロニーを見て望郷の念にでも駆られたのかもしれない。

「ミミ、ドッキングリクエストを」

「あ、はい！」

俺の指示を聞いてミミがシエラプライムコロニーの港湾管理局にハンガーへのドッキング要請を送信する。程なくして港湾管理局から返信が来た。俺達がドッキングするのは三十二番ハンガーか。

「よーし、行くぞ。安全運転でな」

「そうね、安全運転でね」

エルマが少し遠い目をしている。エルマは暴走事故の果てに多額の借金を背負う羽目になったからな。まぁ彼女の過失責任はそこまで大きくは……いや大きいか。大きいな、うん。そういやこの世界ではあの暴走機能搭載スペースシップってどういう扱いなんだろうか？　自動車とかで考えると完全にリコール対象だよな、あれ。今度調べてみるか。

さて、ここもまた交通量の多い港だったが、特に事故を起こすこともなくドッキングに成功した。まぁ俺にかかればこれくらいは手慣れたものだ。ステラオンラインの初心者はなかなかうまくドッキングできずにハンガーの辺りであっちにふらふら、こっちにふらふら、時には腹を擦（こす）ったり機体を傾けすぎて傷つけたり、前進後退の出力をミスって壁なりなんなりの構造物にぶつかったりするんだよな。

慣れてくるとスッとハンガーにドッキングできるようになってくる。俺のように。まぁ、つまりオートドッキング機能を使うんだけどね。

「オートドッキングなんて邪道よ……」

「お前はオートドッキング機能に親でも殺されたのかよ」

「ま、まぁ便利ですから」

何故かオートドッキング機能に毒を吐くエルマをミミが宥める。本当にエルマのこのオートドッキング嫌いは何なんだろうな。過去に嫌なことでもあったのだろうか。

「コールドスリープポッドの件はどこに連絡すれば良いんだ？」

「港湾管理局で良いわよ。航宙法関連はあそこの管轄だから」

「なるほど。ミミは滞在申請を進めてくれ。俺はコールドスリープポッドの件で港湾管理局に連絡する。エルマは双方のサポートよろしく」

「はい！」

「はいはい」

はいは一回で良いぞ、とは口に出さずに港湾管理局の回線にコールをかける。すると、すぐに通信に応答があった。女性の声だ。

『こちら港湾管理局』

「こちら傭兵ギルド所属のキャプテン・ヒロだ。艦の名前はクリシュナ、三十二番ハンガーに停泊中」

『照合します……照合完了、何か問い合わせでしょうか？　キャプテン・ヒロ』

「問い合わせっちゃ問い合わせだな。この星系に来てすぐに宙賊に襲われて撃退したんだが、その積荷の中に未開封のコールドスリープポッドがあったんだ」

『なるほど、遭難者を救助なされたのですね。では開封の立ち会いですか。保護義務についてはご存知で？』

「ああ、一週間の保護が義務付けられているんだったか。その後、保護されたやつに行く当てがない場合はどうするんだ？」

『一週間の間にこちらで身元を確認しますので、ご心配なく。帝国臣民であればほぼ１００％の確率で身元を確認できますから』

「……帝国臣民じゃなかったら？」

『その場合は帝国が対象を引き取ります。その後の生活を見ろとまでは言いませんよ』

港湾管理局員の女性が朗らかな声でそう言う。引き取られた後どうなるのかは怖くて聞けなかった。コールドスリープポッドの中身が帝国臣民であることを祈っておくとしよう。

「具体的にはどういう手続きを？　この船のカーゴで開封するのか？」

『いいえ、専用のスペースがありますのでそちらで。貨物移送の手続きで送ってください。移送コードは……』

港湾管理局員が指示する移送コードをコックピットのコンソールに打ち込み、コールドスリープポッドの移送を開始する。これでコロニー内の物資移送システムを介して荷物が指定の場所に届けられるわけだ。中に（多分）生きている人間が入っているコールドスリープポッドを荷物扱いするのもいかがなものかと思わないでもないけど。

『移送手続きを確認しました。今からこちらにいらしてください、早速コールドスリープポッドを開封致しますので』

こちらの都合はお構いなしだな！　まぁ、コールドスリープは長くすれば長くするほど記憶障害が酷くなることが多いらしいし、一秒でも早く開封したほうが中の人のためなのだろう。

「聞こえてたな？　そういうわけで、俺は港湾管理局に行ってくる。どっちかついてきてくれ」

「何があるかわかりませんし、対応力の高いエルマさんのほうが良いと思います」

「それはそうかもしれないけど……そうね、そうしましょう」

エルマは少し考えた後に頷いた。何を考えていたのかはわからないが、別に面倒くさいから行きたくなかったというわけでは無さそうだ。

「じゃあ行ってくる。略奪品と積荷は適当に処分しておいてくれ。任せたぞ」

「はい、任されました！」

俺にクリシュナと積荷、略奪品について任されたミミが笑顔を浮かべる。積荷というのは、ハイテク星系であるアレイン星系で仕入れてきたハイテク製品である。俺には使い方の想像もつかない品々だったが、リゾート星系であるこのシエラ星系で値が付きそうなものをミミとエルマが選んで買ってきたらしい。

あまり大きくはないが、クリシュナにも荷を積めるカーゴがあるので、それを遊ばせておくのはもったいないだろう、ということでミミとエルマがカーゴの空き容量を使った貿易を始めたというわけだ。船主の俺に純利益の五割を収め、残りの五割をミミとエルマで分けるらしい。

俺の取り分に関してはもっと少なくても良いと言ったのだが、俺のクリシュナがなければ成り立たない商売なんだから、それくらいの配分は当たり前と言われた。すったもんだの挙げ句俺が折れたわけだ。

コックピットから出た俺とエルマはクリシュナを降りて一緒に港湾管理局へと向かう。

「さっき、何を悩んでたんだ？」

「これから先、こういうこともあるかもしれないからミミに経験を積ませようと思ったのよ。でも、先にあんたに経験を積ませて、それから次の機会があったらあんたにミミを教育させたほうが効率が良いと思い直したわけ」

「なるほど。ではご指導ご鞭撻のほどよろしくお願いしますよ、エルマ先輩」

「あんたにそう呼ばれるのは久しぶりね」

そんな話をしながら歩いているうちに港湾管理局に到着した。

「どこの建物も似たようなのばっかだよな」

「効率の問題ね。ユニット化して製造、組み立てて完成だし。自分だけの『特別』ってのは案外贅沢なのよ。宇宙では限られた資源、限られたスペースを有効活用しないとね」

「なるほどなぁ」

ゲームの世界が元になっているからコピー＆ペーストしたような画一的な建物が多いのかと思っていたのだが、そういう理屈があったわけか。

港湾管理局に入ると、広いカウンターとそこに詰めている職員、それと様々な格好の訪問者の姿があった。俺達のような傭兵風の格好の者もいれば、カウンターの職員達と同じようなスーツ姿の者もいる。流石にパワーアーマーを着ているやつはいないな。

「コールドスリープポッドの件で連絡していたキャプテン・ヒロだ」

「コールドスリープポッド……はい、確認しました。既に到着しているようです。あちらの通路を進んだ先にある第一開封室に移動してください」

「第一開封室ね」

職員に指示された通路に進み第一開封室に入る。開封室の中には既に数人の港湾管理局員が待機していた。コールドスリープポッドになにやらコードを接続してコンソールを操作している人もいる。

「どーも。おたくがキャプテン・ヒロ？」

声をかけてきたのは中年のおっさんだった。恐らく三十代半ばから四十代といったところか。口調は緩いが、身体は引き締まっていて、弛んだ様子はない。ちょい悪っぽいおっさんだ。

「そうだ、あんたは？」

「しがない港湾管理局員だよ。ブルーノだ」

握手を求めてきたので、素直に応えておく。なかなか力強い手だな。

「そちらの美人さんは？」

「エルマだ。俺の船のクルーだよ」

「……へぇ。羨ましいこった」

ブルーノはエルマを見て心底羨ましそうな声でそう言った。傭兵である俺の船のクルーだということは、つまりそういうことだからだ。もう一人、ロリ巨乳美少女が乗っていると知ったらこの男はどんな反応を示すのだろうか。

「それで、早速本題だが……まぁ中身は無事みたいだな。今解凍中というか蘇生処置中だ。どうも女の子みたいだな」

「女の子ねぇ……まぁ、エルマもミミも居るし面倒を見るのは問題ないか」

「そうね。私達としても女の子なら安心だわ」

逆に屈強なおっさんとかだと扱いに困ったかもしれんな。なんだかんだ言ってクリシュナの中ってのは密室だし。いや、別にそういうことならミミとエルマをこのコロニーの宿泊施設に泊まらせて、俺がおっさんと二人でクリシュナに籠もればよかったか。逆でもいいけど。

「他に情報は？」

「そうだな。この脱出ポッドは三ヶ月前に宙賊に襲われた高級旅客船の脱出ポッドだな。高級旅客船というだけあって、乗員は基本裕福な商人とか貴族だ。その子女である可能性が高い。そして、こいつを見てくれ」

そう言ってブルーノが指し示した先には何もなかった。いや、恐らくは本来あるべきものが無いのだ。そこに何があったのかはわからないが、鋭利な刃物でスッパリと何かが切り離されたような痕があった。

「どういうことだ？」

「救難信号の発信ユニットが本来取り付けられている場所だ。多分貴族の剣でバッサリやったんだろうな」

グラッカン帝国に所属する貴族というのは腰に剣を佩いている者が多い。俺はその切れ味を目の当たりにしたことはないが、金属を容易に切り裂くという。つまり、このコールドスリープポッドにはそれが振るわれた痕跡があるのだ。

「……面倒事だな？」

「ご愁傷さまだな。ただ、そういったとこのお嬢様を助けたということであれば謝礼には期待できると思うがね」

ブルーノはそう言って肩を竦めた。これで出てくるお嬢様が素直ないい子だったら良いのだが、わがまま放題のクソガキが出てきたりしたら面倒なことこの上ないなぁ。

「まぁ、女の子だからエルマとミミに任せるよ」

「ちょっと」

「任せるよ」

「あのね」

「任せるよ！」

「……」

強引にゴリ押ししたらエルマにジト目を向けられた。だって仕方ないじゃない。素直ないい子であろうとなかろうと、男の俺がそんなお嬢様に親しく接するのはまずかろうよ。

「バイタル安定、開封可能です」

「よーし、んじゃご対面だ。覚悟は良いか？　キャプテン」

「いつでも。もったいぶっても仕方がないしさっさと終わらせよう」

「そりゃご尤も。開封開始だ」

「はい、開封開始します」

ブシューッ、と円筒形のコールドスリープポッドから白い煙が吹き出し、ポッドの蓋(ふた)が持ち上がってスライドする。近寄って中を覗(のぞ)き込むと、入っていたのは黒髪おかっぱの可愛(かわい)らしい顔の少女だった。

目覚めて最初に目にするのが俺の顔というのも可哀想(かわいそう)だな、と思って離れようとする。

「っ⁉」

そうしたらポッドから少女の手がにゅっと伸びてきて、俺の服の裾(すそ)を掴(つか)んだ。流石にびっくりして身体が震える。

「お父様、行かないで……」

「へっ？」

「行っちゃやだ……」

俺の服の裾を掴んだまま目に涙を浮かべ始める少女を前に困り果てる。エルマやブルーノ、その他の港湾管理局員にも助けを求める視線を向けてみたが、肩を竦められたり苦笑いされたりした。誰(だれ)も助けてくれるつもりはないらしい。

「……はぁ。わかったよ」

服の裾を掴む少女の小さな手にそっと手を添えてやると、彼女は俺の手をしっかりと掴んで微笑(ほほえ)み、そのまま気を失うかのように眠ってしまった。俺の手を握ったまま。

「……どうすればいいんだ、これ」

「起きるまでそうしているしかないんじゃない？　さ、ブルーノ。手続きを進めましょう」

「そうだな。保護者と保護対象の関係も良好のようだし問題ないだろう」

俺の手をしっかり握ったまますやすやと眠る黒髪のお姫様を前に俺は天井を仰いだ。

どうしてこうなった。

黒髪の少女はなかなか起きなかった。コールドスリープ中は『寝ている』というよりも『停止している』に近い状態らしく、むしろコールドスリープ状態に入る際、そしてコールドスリープ状態から戻る際に相当な負担がかかるらしく、目覚めた後は疲労しきっている状態であるらしい。つまり、少女はなかなか目覚めないということである。

「ん、んん……」

少女が可愛らしい顔を歪めてうなされている。嫌な夢でも見ているのだろうか？　その小さな手は相変わらず俺の手を握っており、放そうとする気配はまったくない。きゅっと力を込めて握ってくるその手を握り返してやると、少女の表情が穏やかになった。

「子守りは得意じゃないんだけどなぁ……」

その得意じゃないことに絶賛チャレンジ中の俺は小さく溜息を吐いた。彼女が目を覚ましたら、俺は一体どうすれば良いのだろうか？　起きたらいきなり見ず知らずの男に手を握られていた、とか『もしもしポリスメン？』案件ではないだろうか。

いや、港湾管理局の職員達は事情を知っているし、施設の管理ＡＩがこの場を監視し続けているそうだから滅多なことは無いと思うが。彼女が起きたら一体誰が彼女にこの状況を説明するのだ？

俺か？　俺が説明するのか？

彼女の年齢から考えて、一人旅ということはあるまい。家族が一緒に同じ客船に乗っていたはずである。しかし、彼女だけが宇宙空間を彷徨っていて、宙賊に拾われた。彼女の家族は一体どうなったのか？　お父様、行かないでという彼女の言葉から想像できる状況は？

どう考えても明るい見通しは立ちそうにない。

彼女の素性や、彼女の乗っていた客船、そしてその乗員乗客の状況については港湾管理局が調べてくれているようだが、彼らの表情から察するにあまり良い状況ではなさそうである。これからのことを考えると気が重い。

「はぁ……」

思わず溜息が漏れる。港湾管理局員の女性が俺を気遣ってちょうど良い大きさのスツールチェアを持ってきてくれたのが唯一の救いだろうか。

『私は傭兵ギルドに行ってくるわ』

手続きが終わったらしいエルマからメッセージが入ってきた。

『おう。お姫様はまだ起きる気配なしだゾ』

『その子、何歳くらいの子なんですか？』

メッセージアプリのグループチャットで既にミミにも眠り姫の件は通達済みである。ミミは眠り姫のことが気になって仕方がないようだ。

『わからんけど、ミミよりも下なのは確実だな。十歳から十二歳くらいか？』

『身長はミミと同じくらいだったけどね』

『身長のことは言わないでくださいー』

ニヤニヤ顔をしたコミカルな単眼エイリアンのスタンプを送信したエルマに対し、ミミがプンプンと怒った猫のようなリスのような不思議生物のスタンプを返す。君達は賑やかだなぁ。

そう言えばこのメッセージアプリには端末で撮った写真を添付する機能があったな、と思い至って眠り姫の顔をパシャリと写し、グループチャットにアップロードする。

『眠り姫はご覧の通り絶賛スヤァ中』

『可愛い！』

『寝顔を撮るのはやめてあげなさいよ……可愛いけど』

ミミから目をハートにした宇宙猫だか宇宙リスだかのスタンプが飛び、エルマからはお小言が飛んでくる。

『今度エルマの寝顔も撮ってやろう。可愛くな』

『やったら怒るわよ』

『可愛く撮ってくれるなら私は……』

単眼コミカルエイリアンが怒っているスタンプと宇宙猫リスがモジモジしているスタンプが飛んでくる。俺も何かスタンプを購入して使うべきだろうか……この世界には俺の知っているキャラクターとかいないからなぁ。折角のバカンスだし、どこかで時間を取って二十四時間耐久ホロ動画鑑賞会とか開くか。

「んん……？」

左手で少女の手を握りながら右手で情報端末を操作していると、少女が遂に目を覚ました。彼女はぼんやりと視線を彷徨わせ、そのうちに俺を見つけてぼーっと見つめ始める。何故か手をにぎにぎしてきたので、俺もにぎにぎと握り返してやった。

「……お父様？」

「すまん、君のお父様じゃあないな」

目を覚ましたお姫様はぼんやりとした視線を更に彷徨わせた。

「お父様……お父様は……？」

「すまん、俺が見つけたのは君だけなんだ」

俺の言葉を聞いた彼女はそうですか、と言って目を瞑ってしまった。きゅっと手が握られる。

「手……」

少女の目が再び開き、その視線が繋がっている手へと注がれる。

「握っていてくださって、ありがとうございます」

「いや……」

軽く握っていた手から力を抜くと、少女は最後にもう一度俺の手をきゅっと握ってからその手を放した。彼女が身体を起こそうとしたので、背中を支えてその手伝いをしてやる。

俺に支えられて身を起こした少女は俺としっかりと目を合わせて口を開いた。

「ありがとうございます。私は……私の名前はクリスティーナ・ダレインワルド。ダレインワルド伯爵家の嫡子、フリードリヒ・ダレインワルドの娘です」

情報量が多いな！　ええとつまり、この子はクリスティーナ。お祖父さんが伯爵家の当主で、お父さんのフリードリヒ氏が次期伯爵ってことだな。

「俺はキャプテン・ヒロ。傭兵ギルドに所属しているシルバーランクの傭兵で、小型戦闘艦クリシュナのオーナーだ。ヒロと呼んでくれ」

「はい、ヒロ様。私のことはクリスとお呼びください」

そう言ってクリスがぎこちなく微笑む。眠っている時から美少女だとは思っていたが、これは予想以上だな。目鼻立ちが整っているのは勿論なのだが、オニキスのように黒く輝く瞳が何より美しい。これが日本なら何百年かに一人の美少女、とか言われそうなレベルだ。体形はかなりスレンダーだけど。

「とりあえず、今の状況を説明するぞ。質問は最後に纏めてってことで頼む。あと、口調はこのままで良いか？　もっと丁寧な言葉遣いのほうが良いかな？」

「いいえ、そのままで大丈夫です。伯爵家の娘と言っても、私は何の力もないただの小娘ですから」

クリスはそう言ってふるふると首を横に振った。居丈高なじゃじゃ馬娘だったらどうしようかと思ったが、彼女は謙虚で奥ゆかしい淑女であるようだ。良かった。

というか、物凄い冷静だな。元からの性格なのか、それとも貴族教育の賜物か……何にせよ歳相応の態度じゃないぞ。今は都合が良いけれども。

「ならお言葉に甘えるよ。まず、俺が君を拾った経緯だが、ごく簡潔に言うと君は宙賊からの戦利品だったんだ。俺が倒した宙賊の積荷の中に君が入っていたこのコールドスリープポッドがあった。君の入ったコールドスリープポッドを回収した俺はこのシエラプライムコロニーに直行し、港湾管理局に通報して彼らの立ち会いの下にこのコールドスリープポッドを開封した。そして出てきたの

が君、クリスというわけだ。ここはシエラプライムコロニーの港湾管理局、その中にあるコールドスリープポッドの開封室だよ」

「……なるほど」

俺の言葉を噛みしめるかのように彼女はゆっくりと頷いた。

「宇宙空間でコールドスリープポッドを拾った救助者には、その中に入っていた人物を保護する義務が生じる。おおよそ一週間くらいの間な。そういうわけで、君の身柄は俺が保護することになる。俺の船には女性のクルーが二人いるから、細かなケアというか世話については彼女達に任せることになると思う。部屋は残念ながら余っていないけど、女性二人が使っている部屋はそれぞれが元々は二人部屋だから、どちらかの部屋で一緒に寝泊まりしてもらう形になるかな……男の船に乗るのはちょっとマズいということであれば、コロニーの宿泊施設を用意することもできると思うが」

「いえ、お世話になる身でそこまでは」

クリスはそう言って再び首を横に振った。男の船云々について疑問を呈さない辺り、やはりあの風習は常識であるらしい。

「そうか？　まぁ、実際に現場を見てから判断してくれて良いからな。で、君の身柄に関しては俺が一時的に保護することになるんだが、君がお祖父さんのダレインワルド伯爵に連絡を取れればその後の心配は要らないだろう。伯爵家の迎えが来るまでは君の身の安全は俺が守ると約束するよ」

「そうですか……貴方は、ヒロ様は私を守ってくれますか？」

「……？　ああ、守るよ。期間限定になるだろうけど、お姫様の騎士役を仰せつかろうじゃないか」

不安げな瞳を向けてくるクリスに対し、俺はコールドスリープポッドのすぐ横に跪き、左手を胸に当てて大仰にそう言ってやった。彼女にしてみれば宙賊に襲われて脱出ポッドに乗り込み、気がついたら俺が側にいたような状況だ。不安がるのも不自然ではないだろう。

「ふふ、小型戦闘艦を駆る私だけの騎士様なんて、まるでホロ小説の主人公にでもなった気分です」

俺の大仰な仕草にクリスは微笑んだ——かと思うと、急に表情を引き締めて俺をジッと見つめてきた。

「私の騎士、ヒロ様。どうか私を守ってください」

「……何からでございましょうか？　我が姫」

クリスが俺の冗談に乗ってきたので、俺も乗ることにした。唐突に始まったごっこ遊びだが、ミミよりも小さな女の子ならこういうこともあるだろう。

「私の父、フリードリヒ・ダレインワルドの手の者によって。船を襲ったのは宙賊ではありません。私の叔父であるバルタザール・ダレインワルドは謀殺されました。叔父の私兵です。叔父は、継嗣である父と、その娘である私を狙って私達の乗る客船を襲ったのです」

……Ｗｈａｔ？

「ええと……？　記憶が混乱していたりは？　コールドスリープポッドを使うとそういうことが度々起きるみたいだが」

「いいえ、間違いありません。船に乗り込んできた賊は明確に父と母、そして私を狙ってきました。最初に私を庇って母が撃たれて倒れ、父は私を逃がしてくれました」

コールドスリープポッドの救難信号発信ユニットが切り取られていたのはそういうわけか。クリスがそのバルタザールとかいうおっさんに捕殺されないようにクリスの父が破壊したんだろう。

「私が逃がされたことは叔父も知っているはずです。きっと、このシエラ星系にはまだ私を探し回っている叔父の手の者が居ると思います」

「Ｏｈ……」

思わず天を仰いで手で顔を覆う。やはり面倒事だった。しかも貴族のお家騒動という特大級の面倒事だった。なんだろう。この世界に来てからというもの、色々なことに巻き込まれすぎではないだろうか？　俺は単に日々雑魚宙賊どもをしばき倒してコツコツと金を貯め、いずれ惑星上居住地に庭付き一戸建てを建てて思う存分コーラをかっ喰らいたいだけなのに。

「迷惑、ですよね」

クリスが苦笑いを浮かべる。迷惑か、迷惑でないかと言われれば断然迷惑だ。迷惑以外の何物でもない。

「今話したことは忘れてください」

だとしても。それがなんだ？　何かをする前に諦めて、助けを求める無力な少女を見捨てると？　この俺が？　高性能戦闘艦であるクリシュナを駆るこの俺が？　あの時ミミを助けたこの俺が？　エルマを見捨てられなかったこの俺が？

ありえないね。俺は可愛い女の子が困っているのを見ると助けずにはいられない性分なんだ。

英雄願望？　ええかっこしい？　上等じゃないか。男ってのはいつまで経ってもそういうものからは逃れられないものさ。

「報酬が要る」

「えっ？」

「俺は期間限定の君の騎士であると同時に、傭兵でもある。お姫様のために戦う騎士にも、傭兵にも、働きに応じた報酬が必要だ。そう思わないか？」

目を丸くして驚くクリスに俺はそう言って口角を上げてみせた。

「え、ええと……」

「なんだっていい。さぁ、交渉のしどころだぞ、お姫様。君は俺にどうやって報いる？」

クリスは困ったように視線を彷徨わせた後、何かを思いついたようにハッと目を見開いて自分の首にかかっていたネックレスを外し、俺に手渡してきた。キラキラと透き通った輝きを放つ薄紫色の宝石があしらわれているものだ。

高そうなものではあるが、俺にはどれほどの価値があるのかわからない。貴族の子女であるクリスが身につけているものなのだから、決して安い品ではないと思うが。

「私の宝物です」

名残惜しそうにじっとネックレスを見つめるクリス。恐らく、この薄紫の宝石があしらわれているネックレスは彼女にとって思い出の品なのだろう。

「では、こちらをお預かりしましょう。実際の報酬はお祖父様から頂くと致します。私が貴方を守りきったその時、このネックレスはお返しします。我が姫」

俺がそう言ってネックレスを懐にしまうと、彼女は微笑んで手の甲を差し出してきた。これは手の甲にキスをしろということか？　それはなんか恥ずかしいな……でもここまでやって手の甲にキスをしないというのも空気が読めていないよな。俺は空気の読める日本人だからね。ああやるよ。やってやるとも。

俺は恥ずかしい気持ちを抑えつけてクリスの手を取り、その手の甲にそっと口づけをした。

「ふふ、本当にホロ小説みたい」

「姫様は読書家でいらっしゃるようで……本当にこんなキザなことするのかね、帝国の騎士様っていうのは」

「どうでしょう？　私は見たことがありませんけど」

そう言いつつも、クリスは俺がキスした手を胸に抱いてニコニコしている。帝国貴族の家に生まれた女の子の夢ってやつなのかね。男にとっての裸ワイシャツとか裸エプロンみたいな。例えがアレだけど。

「とにかく、そういうことで。短い付き合いかもしれないけど、よろしく。クリス姫」

「はい、私の騎士様。でも姫は要りませんよ」

クリスが頬を紅く染めて慎ましやかな笑みを浮かべる。

さて、掴みはＯＫということで早速動こう。もし俺がクリスの命を狙っている叔父の立場で、標的がコールドスリープポッドで脱出したのがわかってるなら、港湾管理局に監視の目を置いておく。船が襲われてから三ヶ月も経っているわけだし、とっくに諦めている可能性もあるけど、楽観視はするべきじゃない。

さぁて、こういうのは初手が肝心だ。どうするべきかな。

#2：クリスティーナ・ダレインワルド

「手続きは以上となります。お手数をお掛け致しました、クリスティーナ様」

「いいえ、こちらこそお手数をお掛け致します」

兎にも角にもクリスが目覚めたとなればお役所の手続きを進めなければお話にならない。俺達側の手続きは終わっているが、クリス側にも当然手続きが必要になるわけだ。あのままこっそりクリスと一緒に抜け出すことも考えたのだが、どう考えても厄介事になるのでブルーノ達を呼ばざるを得なかった。

部下を伴ったブルーノがクリスから脱出時の様子を聞き出して記録し、一時的に俺の保護下に入ることになることを説明し、その根拠となる宇宙救難法についても軽く説明する。

クリスは彼女の母が撃たれたことや、彼女の父が決死の覚悟で自分を脱出させてくれたことを語ったが、彼女の叔父であるバルタザール・ダレインワルドの陰謀については語らなかった。ブルーノ達にそれを知らせても意味がないことだと考えたのだろう。

あくまでもこの問題はダレインワルド伯爵家のお家騒動なのだから。この件を公にするかどうかを判断するのは彼女ではなく、伯爵家当主である彼女の祖父であるということらしい。

「私の祖父……アブラハム・ダレインワルド伯爵と連絡を取りたいのですが」

「はい、星系外ということになりますとホロメッセージの送信という形になりますが、可能です。

宛先はご存知ですか？」

「ええ。私の保護者となる彼も一緒に。伯爵家の内情に関する話もありますから、私と彼以外は遠慮願いたいのですが」

「お任せください、ホロメッセージの撮影室がありますので。内容に関しても即時暗号化されます。ご心配なく。おい」

その伯爵家の内情とやらにこいつが触れても大丈夫なのか？　という視線をブルーノが向けてきたが、それも一瞬のこと。彼が部下に目配せをすると、その部下は速やかに開封室から退室していった。恐らく撮影室の準備に行ったのだろう。

ちなみに、ホロメッセージというのは所謂ビデオレターである。再生機器で立体映像として再生されるのが俺の知るビデオレターとは違うところだろうか。

「宛先はデクサー星系の第三惑星、ダレインブルグのダレインワルド伯爵家です。通信コードはADK－43302O8」

「はい、少々お待ちを……メッセージが届くのは最速で五日後、ですね」

タブレットを操作したブルーノがそう言う。

「結構掛かるんだな」

「星系内なら超光速通信でなんとでもなるが、流石に何千光年も離れた星系宛となるとな……ハイパースペース通信やゲートウェイを利用しても最速でこれだけはかかるんだよ」

俺の疑問にブルーノが肩を竦めて答える。ゲートウェイというのは人工的にワームホールを作り出して固定化し、一瞬で宇宙空間を何百光年、何千光年も移動することができる施設だ。

ハイパースペースを利用したハイパードライブは星系と星系を繋ぐ特殊な亜空間を利用して光よりも遥かに速く移動する、つまり高速道路を使って車で走るのと同じようなものなのだが、ワームホールを利用したゲートウェイでの移動は正しくワープそのものだ。特定の地点から特定の地点へと一瞬で移動が完了する。

理論的には空間を捻じ曲げて穴を空けているとかそういう感じのものらしいが、よくわからん。俺が知っているのはゲートウェイはその宙域を支配している宇宙帝国が厳正に管理しているもので、一介の傭兵程度が軽々しく使うことができるものではないということだ。

そんな便利なものを使ってもなおメッセージを届けるのに五日もかかる場所にクリスのお祖父様はいらっしゃるらしい。こっちからの連絡が届くのが五日後と考えると、クリスのお祖父様からの迎えが来るのは最速でも十日後。迎えに来る人員や船の準備、その他諸々の手続きや日程調整を含めると最短でも二週間はクリスと一緒に過ごすことになりそうだな。

「五日……ということは、迎えが来る前にヒロ様の保護義務期間は明けてしまいますね」

「心配しなくても迎えが来るまで無責任に放り出したりは致しませんよ、姫様。俺がそんなに薄情に見えますか？」

「いいえ。きっとそう言ってくれると思っていました」

「強かな姫様だよなぁ。そうは思わないか？　ブルーノ」

「俺に振らないでくれ……」

ガチの帝国人としては伯爵令嬢に無礼な口をきくのは避けたいらしい。そんなブルーノに案内されて俺とクリスは真っ白い部屋に向かった。いや、全体的に白いけど、壁は一辺30ｃｍくらいの正方形のタイルのようなもので覆われていて、その中心に黒い点がある。ホロメッセージを撮るためのカメラというかセンサーなのかね、あれは。部屋の中心にはコンソールが設置されており、コンソールの正面にはバスケットボールほどの大きさの青い球体が壁に埋まっていた。

「実はホロメッセージを撮るのって初体験なんだよな」

「そうなのですか？」

「遠方の知り合いにメッセージを送るってことが一般人には少ないんじゃないか？　基本的に自分の生まれ住んでいるコロニーから出ること自体あまりないだろうし」

「なるほど……そう言われるとそうかもしれませんね」

クリスが真面目（まじめ）な顔で頷（うなず）く。俺の知る限りでは、自分の生まれたコロニーから離れて他の星系にまで移動する人というのは俺のような傭兵や運び屋、掃除屋みたいなある意味アウトローのような連中か、宙賊達のような本物のアウトロー、あとは星系をまたいで商売している商人とか企業人、他には軍人くらいじゃなかろうか。ああ、あとは研究者とか？

「とりあえず撮ってみるか……これって一発勝負だよな。俺は何を話せば良いんだ？」

「事情は私が説明します。その後で私がヒロ様を紹介しますから、簡単に自己紹介をしていただければ大丈夫です」

「どうなっても知らないぞ……」

こう言いながらクリスの操作するコンソールの画面を後ろから覗（のぞ）き込む。ふむ、操作自体はそんなに難しくないな。俺の知るビデオカメラと操作性にさしたる違いは無さそうである。

「では、撮影を開始しますね。ヒロ様は私の斜め後ろに立っていてください」

「了解」

　クリスがコンソールを操作し、撮影を開始する。そうすると、正面の球体に数字が表示され、カウントダウンが始まった。あのカウントが0になった時に撮影が始まるんだな。

「お祖父様、お久しぶりです。ご心配をお掛け致しました、クリスティーナです。私は無事です。私の乗っていた客船が襲われてから三ヶ月も経っていると聞いて驚きました。私はお父様にコールドスリープポッドに入れられて脱出し、先程目が覚めたのです。今はシエラ星系の港湾管理局内にある撮影室でこのホロメッセージを撮影しています。私の後ろに立っているのが、宇宙を漂流していた私を救助してくれたヒロ様です。ヒロ様は傭兵ギルドに所属する傭兵で、私が入っていたコールドスリープポッドは宙賊に拾われていたのだと仰っていました。もし、ヒロ様に救われていなかったら私は宙賊に覚醒させられ、弄ばれていたかもしれません。二重の意味で、ヒロ様は私の命の恩人です」

　そこまで話してクリスは俺のほうを向いて頷いた。俺も頷き返し、前に出て青い球体に視線を向ける。

「お初にお目にかかります、キャプテン・ヒロです。クリスティーナ様にご紹介していただいた通り、傭兵ギルドに所属しています。ギルド内でのランクはシルバーです。小型戦闘艦であるクリシュナのオーナーでもあります。クリスティーナ様を救助した者の責任として私には一週間の保護義務がありますが、ダレインワルド伯爵様からの迎えが訪れるまでは持てる力の全てを使ってクリスティーナ様をお守りする所存です」

　そう言って俺は胸に手を当て、頭を下げた。クリスの手が俺の腰の辺りに触れる。それを合図に俺は頭を上げ、後ろに下がった。

「まだ出会って間もないですが、ヒロ様は信頼できる方だと思います。少なくとも、叔父様の手の者ではないのは確かですから」

クリスはそう言って一度言葉を切り、深呼吸をした。今から彼女は叔父を告発するのだ。

「お祖父様、私達を襲ったのは叔父様の手の者です。襲撃者は宙賊を装っていましたが、お父様は客船を襲撃している船を見て『あれはバルタザールの私兵の船だ』と仰っていました。客船が航行不能にされた後に突入してきた者達は宙賊とは思えないほどに揃った装備で、私達家族を執拗に狙ってきました。お母様は私を庇って撃たれ、お父様は勇敢に戦って私を守り、コールドスリープポッドに入れて脱出させてくださいました。私を逃がした後、お父様がどうなったかは……」

クリスが首を横に振る。

「恐らく、叔父様は逃がされた私を狙っていると思います。ヒロ様には事情をお話ししました。その上で、ヒロ様は私を守ってくださると仰ってくださいました。私は、ヒロ様に運命を委ねます。お祖父様にもお力添えを頂きたいです。よろしくお願い致します」

クリスはそう言って頭を下げ、録画を終えた。コンソールに手を置いたまま、クリスの身体は小刻みに震えていた。家族を思い出して悲しみがこみ上げてきたのか、それとも叔父に命を狙われているという事実を自分の中で再確認して恐怖に震えているのか。

どちらにせよ、このままにしておくわけにはいかない。

「クリス、行こう。まずは俺の船に案内しないとな」

そう言って俺はクリスの背中をそっと撫でる。

ミミとエルマにも事情を説明しないといけないし、クリスは身一つの状態だから彼女の生活必需品も揃えなきゃならない。身長はミミよりちょっと小さいくらいだが、胸の大きさが違いすぎるからミミの服は着られないだろうし、逆にエルマの服だと身長差がありすぎて丈が合わないだろう。服も買いに行かなければならない。あまり出歩くのは良くないんだが、閉じ籠もっているわけにもいかないしな。

「はい」

手で涙を拭いながらクリスが振り向いた。コンソールから何かを抜き出したが、恐らく今撮ったホロメッセージが記録されている記憶媒体か何かだろう。

「あー、ハンカチでも持っていればよかったんだが、あいにくとそういう気の利いたものの持ち合わせが無くてな……すまん」

「ふふ……騎士たるもの常に紳士たれ、ですよ。ヒロ様も精進が必要ですね？」

「騎士の道は険しいなぁ……撮ったホロメッセージをお祖父様に送ってもらう手続きをしたらエルマと合流しようか」

「エルマさん、ですか？」

クリスが首を傾げる。うっすらと目覚めた時には居たんだけど、あの時はぼんやりしてたから覚えてないか。

「二人いる俺の船のクルーのうちの一人だ。エルフの女性で、俺よりも傭兵歴が長い。色々あって船を失ってな、今は俺の船のクルーをしている」

「女性……そう言えば、女性のクルーが二人いるというお話でしたね」

「ああ、もう一人はミミだな。オペレーターの見習いをやってる。身寄りの無い子でな。まぁ、ちょっとした出会いがあって俺の船に乗ってもらうことになったんだ。二人が俺の船に乗った経緯についてはそれぞれに聞いてもらったほうが良いな」

どちらの理由も他人が軽々しく語るのはどうかと思う内容だしな。

「ヒロ様は自分の船に二人も女性を乗せてらっしゃるんですね」

「……まぁ、その。色々あってね？」

俺を見るクリスの表情は穏やかなのだが、何故か大蛇にでも睨まれているかのような威圧感がある。馬鹿な……この俺が圧されているだと……!?

「まぁ、良いです。貴族の女は寛容なので。男の甲斐性というものですものね」

「んん……？」

威圧感はなくなったが、クリスの言動が妙である。寛容も何も何故クリスに許されねばならないのか……？　まぁ、そういうお年頃なのだろうか。父親やお祖父様以外の男性と接する機会もそんなに多くなさそうだし。

撮影室の外に待機していたブルーノの部下に話をしてブルーノの元に案内してもらい、発送の手続きを進めてもらう。これが完了したら港湾管理局での用事は終了だ。

「エルマさんという方はどちらにいらっしゃるんですか？」

「最後のメッセージでは傭兵ギルドに向かうって話だったが……」

携帯情報端末を取り出し、メッセージアプリを確認する。

『ああああああああああああああああああああああヒロがゴールドラ

BEEEAM!!

ンクに昇進してたあああああああああああああああああああああああああああああああああああ
あ！！！！！！！』

コミカル単眼エイリアンが目からビームを出して街を焼き払っていた。なんでさ。

「さて……」

今から船に戻るというメッセージを送った俺はクリスを連れて港湾管理局の外に出た。そして辺りを見回す。

多くの人が行き来するリゾート星系の港湾管理局なだけあって、人通りは非常に多い。見るからに傭兵って感じの俺と見るからに良いところのお嬢様って感じのクリスが連れ立っているのが珍しいのか、結構視線が集まってくる。

絵面的にはかなりアウト目なセーフ……いやアウトだよな。でも髪の毛の色と瞳（ひとみ）の色は似てるから、ワンチャン兄妹（きょうだい）に見えるかもしれない。いや、顔つきが違いすぎるか。

「どうしたのですか？」

クリスが自然に俺の左側に立ち、手を握ってくる。あまりに自然なその様子を見て疑念が晴れたのか、俺達に向けられていた視線が一斉に外れていくのが感じられた。

「いや、なんでも……なんでもなくはないか」

「？」

クリスが小首を傾げながら見上げてくる。うん可愛(かわい)い。ではなく。

「恐らくだけど、クリスの叔父さんの手下が見張ってると思うんだよな」

「……！」

俺の言葉を聞いたクリスが表情を強張(こわば)らせて俺の左腕に抱きつき、しきりに辺りを見回し始める。

下手(へた)に怖がらせるのも良くないだろうが、危険があるだろうということを予(あらかじ)め知らせておいたほうが良いと俺は判断した。

「エルマならこういう時に上手(うま)くやるんだろうけどな……船での戦いやパワーアーマーを着ての戦いはともかく、生身での戦いは不得意なんだよ」

そう言いながら腰のレーザーガンの感触をそっと確かめる。いざとなればこいつで応戦するしかないが、さて。

「まぁ、流石(さすが)に人目の多いところでいきなり仕掛けてくることはないと思う。ただ、用心はしていこう。船に戻ってしまえばこっちのものだ」

「はい」

クリスが俺の腕に抱きつくのをやめて再び俺の手を取る。いきなり拉致(らち)られたりしないように手を繋(つな)いでおくのは大事なことだろう。

「行こう」

コクリと頷いたクリスと視線を合わせてから歩き出す。こんな状況になっても取り乱して泣いたりしない辺りは流石(さすが)は貴族の子女といったところだろうか。見た感じまだ中学生――下手すると小学校高学年くらいの歳(とし)に見えるんだけどな。落ち着いているというか大人びているというか……まぁ今はそれに助けられているわけだが。

「尾（つ）けられているのかどうなのか全然わかりませんね」

「俺もわからん。正面切っての銃の撃ち合いなら多分そうそう負けないと思うんだが、こう人が多いとな……こういう場所だと人ごみに紛れて近づかれるのが怖い。俺もこういう時に上手く立ち回れるように何か訓練でもしたほうが良いかな」

「そのエルマさん？　という方はこういう事態にも慣れていらっしゃるのですか？」

　こちらを見上げながら質問してくるクリスに俺は首を縦に振って頷いてみせる。

「慣れているというか、基本スペックが違うんじゃないかな。尖（とが）った耳は伊達（だて）じゃないんだろう。あと格闘も得意だし。俺格闘とか本格的に覚えたほうが良いかな」

「剣術がおすすめですよ。騎士たるものやはり剣を使えるに越したことはありませんから」

「別に本当に騎士になるつもりはないけど……剣術ねぇ？　役に立つのか？　レーザーガンで撃たれたらどうしようもないと思うんだが」

　レーザーガンから発射される高出力レーザーは文字通りの光速で対象に着弾する。撃った瞬間に着弾するので、射手の照準が完璧（かんぺき）であれば避（よ）けることは事実上不可能だ。

「一流の剣士はレーザーガンやレーザーライフルの射撃を剣で防ぎますよ。超一流の剣士だとレーザーを反射して反撃までするそうです」

「なにそれこわい」

　ジェ◯イかな？　マジで？　視線で問いかけてみるが、クリスは真面目（まじめ）な表情でコクコクと二度頷いた。マジなのか。そんな相手に斬りかかられたら厄介だな。

「貴族は情報の処理能力を向上させる脳内インプラントを施している人が多いんです。その副次効果として思考速度を大幅に加速させられるんですよ」

「なるほど?」

「私はまだインプラントを入れていないのでわかりませんが、なんでも時間が引き延ばされるような感覚になるらしいです。その引き延ばされた時間の中で飛んでくるレーザーを弾いたり、目にも留まらぬ速度で剣を振るったりするのだとお父様が言っていました」

「ふーん……?」

俺が意識的に息を止めた時に起こるあの世界の動きが遅くなるような感覚と同じようなもんかね? もしかしたら俺も剣を持てば同じようなことができるようになるのかもしれないな。今のところその予定はないけど。

「何にせよ剣を持った相手にはこっちがレーザーガンを持っているからって有利だと思わないほうが良いってことだな」

「はい、それが良いと思います。叔父は双剣術の達人でしたから」

「十分に気をつけることにするよ」

危機感を新たにしてクリシュナへの帰路を進む。とは言っても、どうしてもクリスの歩く速度に合わせざるを得ないのでなかなか距離が稼げない。俺一人で歩いていたらとっくに着いている頃だが、クリスが一緒だとそうもいかない。そもそもの足の長さが違うから仕方がないのだが。

「……すみません、足を引っ張ってしまって」

「気にするな……って言っても無理なんだろうな。こればかりは仕方がないから本当に気にしなくて良いんだけど。気になるなら抱っこして運んでやろうか？」

「そ、それは流石に恥ずかしいので」

「だよね」

クリスはいかにも軽そうだし、クリシュナまでなら余裕で抱えていけそうなんだけどな。こっちに来てから毎日トレーニングしているおかげでかなり筋力がついてきたし。

「とにかく急ごう。あそこを左折したら後はまっすぐだから」

「はい、頑張ります」

少しペースを上げたクリスに合わせて俺も歩くペースを上げる。周辺に視線を向けて警戒は怠らな――おおっとぉ？　制服姿の憲兵さんと目が合っちゃったぞぉ？

「ヤバい。憲兵だ」

「えっ？」

「めっちゃこっち来てるぅ……！」

急に心臓がドキドキし始める。これは恋？　なわけがねぇ。普通にヤバい。逮捕される。

「あの、ヒロ様？」

「なんだ？」

「港湾管理局が発行した身元引受の書類データを提示すれば問題ないのでは？」

「それだ！」

この後滅茶苦茶(めちゃくちゃ)職質されたが、港湾管理局の発行したデータが照合されてちゃんと信じてもらえた。正直色々な意味で終わったかと思ったが、むしろ憲兵が船までついてきてくれたのでこれ以上無く安全に船まで戻ることができた。

「クリスティーナと申します。どうかクリス、とお呼びください」

「私はミミです！　クリスちゃん、よろしくね！」

「エルマよ。よろしくね、クリス」

俺が憲兵さん同伴でクリスを連れてクリシュナに戻ると、船で待機していたミミだけでなく傭兵ギルドに行っていたエルマも既に船に戻ってきていた。憲兵さんはクリスを歓迎する二人の様子を見て一つ頷き、無言で去っていった。お勤めご苦労さまです。

食堂で本格的に顔合わせとなったわけだが、ミミは同年代のクリスが船に来たのが嬉しいようで、輝くような笑顔を見せている。俺もエルマも同年代とは言い難いものな。エルマに至っては同年代どころか一世代上と言っても良い。

「……何よ？」

「なんでも」

俺の不穏な思考が伝わりでもしたのか、エルマが剣呑な視線を向けてくる。その耳は色々な意味で感度が良いだけでなく、他人からの邪な思念も受信するようにでもできているのかね？　怖いわ。

「あの……お二人は大丈夫でしょうか？」

「大丈夫ですよ。二人ともとっても仲良しですから。今はヒロ様がゴールドランクに昇格したことにエルマさんがちょっとモヤモヤしているだけです」

　俺とエルマが微妙な雰囲気になっているのを見たクリスが心配し、ミミがその心配を払拭(ふっしょく)するかのように朗らかに笑う。

「……別にモヤモヤなんてしてないし」

　そう言うエルマは俺から顔を逸(そ)らして僅(わず)かに頬(ほお)を膨らませていた。つつきたい、そのほっぺ。やったら指をへし折られそうだから自重するけど。

「その、ゴールドランクというのは……？」

　クリスが首を傾(かし)げた。なるほど、貴族のお嬢様が傭兵(ようへい)のランクについてなんて知るわけもないか。じゃあ傭兵ギルドのランク制度について説明しよ……してもらおう。

　クリスの言葉を聞いてエルマが物凄(ものすご)い速度で彼女に向き直ったので俺はおとなしくしておくことにする。

「傭兵ギルドのランクは五階級に分かれているわ。アイアン、ブロンズ、シルバー、ゴールド、そしてプラチナランクの五つね」

　エルマの細い指が一本ずつ立てられて行き、最終的に手を開いた状態になる。

「アイアンランクは成り立てのぺーぺーよ。実戦の経験数も少ないし、正直アイアンランクの時点だと船も大した性能のものは持てていないはずだから、まぁ商船の護衛の数合わせとか、ちょっとした輸送任務をすることが多いわね。まずは色々なタイプのステーションに出入りして、宇宙を飛び回る経験を積むって段階よ」

「なるほど……」

クリスはエルマの説明を熱心な様子で聴き始める。

ちなみに、クリスの事情についてはまだ説明していない。話すタイミングがね？　まぁ、エルマの傭兵ランク講座が終わってからで良いだろう。俺は熱心に聞き入るクリスを食堂の席に着かせて軽食を用意し始める。クリスのお腹の調子がどんなものかわからないので、消化の良いものにしたほうが良いだろう。

うーん、カスタードプリンが良いか。我が家の高性能自動調理器テツジン・フィフスはデザートの味も絶品だからな。紅茶とカスタードプリンを人数分オーダーしながら俺もエルマの傭兵ランク講座に耳を傾ける。

「ブロンズランクになってようやく駆け出し扱いね。ブロンズランクに上がる頃には船も戦闘に耐えられるものにグレードアップしていることが多いし、ある程度まともな戦力として数えられるようになってくるわ。とは言っても単機で複数機の宙賊を相手にするのは厳しいから、普通は数人で固定の船団を組むか、討伐に行く際に臨時の船団を組むことが多いわね」

「ヒロ様はブロンズランクの頃から単機で宙賊を沢山倒してましたよね？」

「そいつはランク詐欺だから」

ジトリとした視線を向けてくるエルマに肩を竦めてみせる。ランク詐欺とか言われてもなぁ。クリシュナの性能のおかげとしか言いようがない。今のところシールドを抜かれてすらいないしな。まぁ、シールドを抜かれるような立ち回りはそもそもすべきではないのだから当たり前なのだが。

「で、シルバーランクね。シルバーランクは層の厚いランクよ。ブロンズランクで経験を積み、一人前と認められた傭兵がシルバーランクに昇級することができるわ。ただ、成り立てのシルバーランクとベテランのシルバーランクの間には大きな力の差があるわ。経験もそうだし、長く傭兵を続けている人ほど強力な船、強力な装備を手にしていることが多いから。シルバーランクを更に分けるべきじゃないか、もしくはシルバーランクへの昇級条件をもっと厳しくしたほうが良いんじゃないか、なんて意見もあるわね」

「エルマさんもシルバーランクでしたよね」

「そうよ、シルバーランクのベテランよ」

ふふん、とエルマが誇らしげに胸を張る。

「今は自分の船を失って俺の船のクルーだけどな」

「……そういうこともあるわよ。死んでないんだからなんとでもなるわ」

エルマがそっと目を逸らす。まぁそうね。

「それで、ゴールドランクというのは？」

クリスが話の先を促すと、エルマは気を取り直して説明を続けた。

「ゴールドランクの傭兵はベテランを超えた存在よ。シルバーランクで経験を積み、多くの宙賊を撃破し、多額の賞金を稼ぎ、シミュレーターを使った厳しい昇格テストをクリアしたごく一部の一流の傭兵に与えられるランクよ。ゴールドランクに昇級できる傭兵は数いる傭兵中でもほんの一握り、傭兵全体の5％にも満たないわ」

「ほう、5％。俺もなかなかのものだな」

でも全体の5％って言っても、傭兵が全部で何人いるかで凄さが全然違う気がするよな。

「……ええ、なかなかのものよ。ゴールドランクは言わば傭兵ギルドからのお墨付きを貰った一流の傭兵、凄腕の傭兵ということよ。傭兵という職業の社会的地位は元より決して低くはないけれど、ゴールドランクとなると貴族や軍人、役人も一目置く存在と言えるわね。一般的には三十隻以上の規模を誇る大規模宙賊団を単機で殲滅できる装備と腕を持っているという評価になるわ」

「それくらい余裕のぷーですわ」

「ヒロ様なら五十隻以上でも行けるんじゃないですか？」

「まともに真正面からやるんじゃなければいけないことはないな」

いくらクリシュナのシールドが分厚いとは言っても、限度というものがある。五十隻からタコ殴りにされると流石に危ういから、的を絞らせないように敵同士の距離を引き延ばしつつ中型艦を潰して、それから小型艦を削っていくって感じになるだろう。

「最後にプラチナランクね。今は十三人いるらしいわ。ゴールドランクの傭兵の中で、際立った活躍をした傭兵が昇級すると言われているわ。ゴールドランクもそうだけど、プラチナランクも昇級条件とかは特に公開されていないわね。ただ、どんな戦場に投入しても大戦果を上げて無事に戻ってくるような傭兵がプラチナランクと言われているわよ」

「ヒロ様もそのうちなりそうですね？」

「そのうちな、そのうち」

「プラチナランク傭兵ともなると、その発言力は非常に大きなものとなるわ。嘘か本当かはわからないけれど、過去に権力に物を言わせてプラチナランクの傭兵を好きにしようとした貴族がいて、逆に潰されたなんて話もあるわね」

「嘘くせぇ」

いくら傭兵ギルドの最高ランクの傭兵とは言え、そこまでの権力を持つことができるものだろうか？　想像もつかないな。

「あんたね……まぁいいわ、とにかくあんたは今日からゴールドランクってことになったのよ。おめでとう」

「街を焼き払うくらいブチギレてたんじゃないのか？」

「別に怒ってないわよ！　悔しいだけよ！」

「やだなぁ、仮に俺のほうがランクが高くなってもエルマが俺の先輩であることには違いはないじゃないか。なぁ、セ・ン・パ・イ？」

「煽ってるの？　煽ってるのね？　いい度胸だわ」

「があぁぁぁぁっ⁉」

蛇のように伸びてきたエルマの腕が俺の腕を搦め取り、一瞬でアームロックを極めてくる。動きが速すぎる……全く抵抗できなかった。

「エルマさん、それ以上は……」

「な、なかよし？　なんですね？」

ミミがエルマを宥めにかかり、クリスが苦笑いを漏らす。助けて。

「チッ！　調子に乗るんじゃないわよ！　あんたは操艦技術もパワーアーマーでの戦闘も大したものだけど、生身での戦闘能力はそんなに高くないんだからね！」

「肝に銘じておきまする……ところで、話している間にちょっとしたスイーツなどを用意したのでご賞味いただけませんか、エルマ様」

「苦しゅうないわ。用意なさい」

「ははぁ」

ふふ、今はそうやって良い気分になっているが良い。今夜にでも逆に泣かせてやるからなぁ……と仄暗い復讐心を心に秘めつつテッジンに用意させていたカスタードプリン（のようなもの）と紅茶（のようなもの）を用意して食卓に並べる。

「食事には少し早いからおやつタイムってところだな。食べながらクリスの事情も話すとしようか」

「はい」

「事情？」

「？？？」

俺の発言にエルマは訝しげな表情を、ミミは頭の上にクエスチョンマークを浮かべて首を傾げた。

うん、実は特大級の面倒事なんだ。覚悟をして聞いて欲しい。

☆★☆

「うっ、うぐぅぅぅクリスちゃぁぁん」

「んーっ!?」

クリスの身の上話を聞いたミミが泣きながらクリスの身体を抱きしめる。抱きしめるのは良いんだが、その大きなお胸に圧迫されてそのクリスちゃんが苦しそうなので許してやって欲しい。

「超特大の厄介事じゃない……」

「あぁぁぁぁクリスちゃぁぁぁん」

エルマが溜息を吐きながらクリスを救出し、クリスを奪われたミミがエルマに顔をぐいぐいと押されて泣きながら情けない声を上げている。

「で、最短で二週間？　この子を預かるわけね」

「そうなるな。守るわけだな」

「絶対に巻き込まれるわよね？」

「そうならない理由が見当たらないな」

俺がクリスの叔父なら何が何でもクリスを始末するし、そのためには金も労力も糸目をつけずに注ぎ込むだろう。既にクリスの父母を手にかけているのだ。そこまでやったのだから、やりきらなければ身の破滅である。

「実はな、エルマに頼みたいことがあるんだ」

「頼みたいこと？」

エルマに頷き、クリスに視線を向けた。

「クリス、ホロメッセージを記録した記憶媒体があったよな？」

「はい、これですね」

クリスが上着のポケットから薄い水晶板のようなものを取り出す。これが記憶媒体なのか。綺麗だな。

「これってコピー取れるか？」

「え？　ええ、複製はできると思うけど？」

「複数のルートを使ってクリスのお祖父さんに届けたいんだ。港湾管理局からクリスのお祖父さんである伯爵にメッセージを送ってくれるって話だったが、途中で叔父にキャッチされて握り潰される恐れがある」

「なるほど。それは絶対に無いとは言い切れないわね。わかったわ、それをコピーして考え得る限りの方法でダレインワルド伯爵に届ければ良いのね？」

「ああ、そうだ。経費は俺につけて良いぞ。出し惜しみは無しだ」

「相変わらず甘いわね？」

「そうでもないさ。伯爵様とその孫に恩を売れるし、守りきれば報酬だって期待できるだろ？」

「はいはい、そういうことにしとくわよ」

そう言ってエルマは笑った。お見通しってか？　ですよね。でもそういう性分なんだから仕方ないね。こんな可愛い子を見捨てるなんて俺にはできないからね。

「で、伝手はあるのか？」

「ええ、いくつかね。ただし、時間はかかるわよ」

「それは仕方ないな。どれか一つでも届けば俺達の勝ちだ」

「初手としてはまぁ、ベターよね。ベストかどうかはわからないけど」

「まずは、な。その手が通じそうにないなら他の手を考えよう」

一番簡単なのは追手を全部撃破することなんだけどな。できればクリスを狙っている叔父ごと。まぁそう上手くは行かないだろう。

「まずは一手、向こうはどう出るかね？」

少なくとも、クリシュナの中に引き籠もっている分には安全なはずだ。リアルタイムで連絡が取れればもっと簡単なんだけどな。宇宙に進出している世界で通信の不便さに悩まされるとは思わなんだ。もっとこう、何千光年何万光年先の星とリアルタイムで通信できるようなトンデモ技術とかないものかね。

「なりふり構わずってことならクリシュナに引き籠もってても絶対に安全とは言えないわよ。注文した飲料水や食料品に毒を入れられる可能性もゼロじゃないし、物資に爆弾でも入れられたら一発だし」

「そこまでやるか……？」

「むしろやらない理由がないわよ。コロニーで仕入れるものより宙賊からの略奪品のほうが安全かもね」

「食料やその他物資を求めて宙賊狩りとか新しいな……」

でもあいつら、結構な頻度で食料や飲料を落とすしアリっちゃアリなのか……？　いっそ買い物をするために他の星系に移動するとかもアリなのかもしれんね、これは。

「いずれにしてもまずはこっちから手を打たないとね。行ってくるわ。クリス、その媒体預かるわよ。あと届け先のコードを教えてくれる？」

「はい、よろしくお願い致します。コードは――」

「気をつけろよ。きっとあっちはもうクリスに気づいてる」

「わかってるわよ。心配要らないわ」

クリスから記憶媒体と通信コードを受け取ったエルマがクリシュナを出ていく。こっちはこっちで何かやれることを考えるべきか。まずは……。

「ミミ、クリスの寝床を用意してやってくれるか？」

「はいっ」

クリスの世話をミミに任せて考えることにしよう。うーん……相手の土俵で戦うことはないよな。生身での戦闘とか、謀略とか暗殺とかは俺の得意とするフィールドとはとても言えない。

俺の得意とするフィールドといえば？　決まってるよな。

「さぁて、どうやって誘き出すか……」

考え込もうとしたその時、不意にミミの置いていったタブレットが目に留まる。そこに表示されていたのは、シエラ星系の誇るリゾート惑星の広告だ。それを見て思いついた案を検討する。

悪くないのではないだろうか？

「逆に考えるんだ。追手をかけられても良いじゃないか、と」

誰も居ない食堂で俺はそう呟いてほくそ笑んだ。

☆★☆

ミミのタブレットを借りてリゾート星系のパンフレットを眺めていると、艦内の案内が終わったのかミミとクリスが食堂に戻ってきた。

「おかえり。ちょっとパンフレットを見せてもらってた」

「あ、はい……でも、こんな状況じゃバカンスどころじゃないですよね」

「いや、そうでもないかもしれないぞ」

残念そうにミミは表情を沈ませたが、俺はそれを否定するようにそう言って笑みを浮かべた。

「そうなんですか？」

「今の時点ではまだはっきりとは言えないけどな。エルマが戻ってきたら皆で相談するとしよう」

「わかりました！　ところで、クリスちゃんと話してたんですけどクリスちゃんのお祖父さんの迎えを待つんじゃなく、こちらから向こうに向かうのはダメなんですか？」

ミミがそう言って首を傾げ、クリスが俺の顔をじっと見つめてきた。

「うん、それは俺も考えなかったわけじゃないんだけど、多分無理筋だろうと思って却下したんだ。検証したわけじゃないから、実際に検証してみるとしようか」

そう言って俺はタブレットをミミに返した。

「銀河地図を開いてみてくれ。確かデクサー星系だったよな？」

「はい、デクサー星系です」

ブルーノはハイパースペース通信とゲートウェイを使ってもホロメッセージを届けるのに五日かかると言っていた。俺の予想が正しければ、普通の方法でデクサー星系に向かうのはちょっと面倒だと思う。

「クリスにも思い出して欲しいんだが、このシエラ星系に来る時にゲートウェイを通ったんじゃないか？」

「……あっ」

「どういうことですか？」

「なに、ギャラクシーマップを見ればわかるさ。ミミ、シエラ星系からデクサー星系までの最短ルートを検索してみろ」

「……？　わかりました、やってみます」

ミミが首を傾げながらタブレットを操作し、最短ルートを検索する。そうすると、ミミの目が驚きに見開かれた。

「あ、あの、ヒロ様。なんか往路で四十二日って出るんですけど」

「おお、思ったよりも遠いな」

「どうしてこんなに遠いんでしょうか？　通信は片道五日で、向こうからの迎えはおよそ二週間後なんですよね？」

「そりゃあミミ、ゲートウェイを使えるかどうかの問題だよ」

「……あっ！」

俺の言葉にミミがポンと手を叩いた。そう、ゲートウェイを使えるかどうかが問題なのである。ゲートウェイを使って移動するには帝国の許可がいる。帝国軍の艦船や貴族の乗る船、或いは許可を得た旅行会社などの定期便や観光用の高級客船ならともかく、俺のような傭兵が軽々しく使うことができるものではないのだ。

クリスがいればワンチャン許可が降りる可能性もあるが、そのような申請を出したらたちまちクリスの叔父であるバルタザールとやらに察知されることだろう。ゲートウェイまでのルートには十重二十重に罠が張り巡らされるに違いない。突破することが絶対にできないとは言わないが、なかなかにリスキーな選択肢だろう。

向こうの出方によってはそんな手を取らざるを得なくなる可能性もあるが、それならまだ時間をかけてでもハイパーレーンを使って地道にデクサー星系に向かったほうが安全かもしれない。ハイパーレーンは網の目のように広がっており、デクサー星系に到達するルートも決して一つではない。

クリスの叔父であるバルタザール・ダレインワルドの勝利条件は、クリスの両親の死が彼の策略であることを、クリスの祖父であるアブラハム・ダレインワルド伯爵に知られる前にクリスを仕留めることだ。

実のところ、これは結構難易度が高い。もしクリスを仕留めたとしても、現伯爵であるアブラハム・ダレインワルドに彼の策略が知られた時点で彼は身の破滅である。

彼はかなり焦っているはずだ。何が何でもクリスを仕留めたいはずだし、絶対にクリスの報告をアブラハムに届けさせたくないだろう。となると、やっぱり悠長に構えているのは危ないか。追い詰められた彼はそれこそなりふり構わず手を打ってくる危険性が高い。

「よし、ミミ」

「はい！　なんですか？」

「リゾート惑星の利用予約を取ってくれ。確かこの星にリゾート惑星が三つあったよな？」

「はい、そうですね。どれにしますか？　というか、エルマさんに相談しなくて良いんですか？」

「いろいろ考えた結果、今は一刻も早く手を打ったほうが良いと思ってな。とりあえず、全部だ」

「……えっ？」

俺の言葉にミミが呆けた顔をする。

「全て（すべ）の惑星で利用申請してくれ。複数の旅行会社で、滞在場所も全部バラバラにするんだぞ。多ければ多いほど良い」

「え、えぇ……？　ものすごくお金がかかりますよ？　どうしてそんなにいっぱい予約を取るんですか？」

「撹乱（かくらん）できるかと思ってな。俺のプランはこうだ。リゾート星系に複数の予約を入れて、潜伏先をいくつも用意する。そしてわざと目立つようにリゾート星系に向かって、敵にわざと攻撃される。宇宙空間で、クリシュナに乗っている状態ならそうそう負けはしない。追手を全部片付けて、悠々と潜伏先のリゾート星系に移動する。敵は潜伏先を一個一個虱潰（しらみつぶ）しにしていかなきゃならないから、時間を稼げる。その間に、エルマの伝手（つて）で伯爵に情報を届けてもらうってわけだ」

どうだ？　と俺は両手を広げてみせる。ミミとクリスは俺のプランを聞いて二人とも首を傾げて考え込んだ。仕草が揃（そろ）っていて妙に可愛（かわい）い。

「追手をちゃんと撃退できれば良さそうに思えますね」

「でも、お金は大丈夫なんですか？」

「1700万エネルあるから資金面は問題ない」

「なるほど……？」

俺の言葉にクリスが小首を傾げる。具体的な金額を言われてもピンとこないらしい。こういうところは正に箱入りのお嬢様らしいな。

「リゾート星系の滞在費は一週間で一人あたり1万エネルから3万エネルみたいだし。複数用意したとしても十分足りると思う。かかった経費は後日クリスの護衛料と合わせてダレインワルド伯爵に請求するつもりだ」

まぁ、滞在費に関しては上を見ればキリがない感じだったけどな。

「複数用意しなくても、一つで良いんじゃないですか？　追手を倒してしまえば私達がどのリゾート星系に滞在しているのかを追うのは難しいですよね？」

「普通ならな。でも、相手がなりふり構わず何でもしてくるってんならどうだろうな。イリーガルな手段で俺達の滞在先を旅行会社から入手するかもしれない。そのためにもやっぱり滞在先は複数用意してデコイをたくさん作ったほうが良いと思う」

「なるほど……でも、ハイパーレーンでの移動中は相手も手出しすることができませんし、そんなにお金をかけるよりもむしろハイパードライブを何度も使ってハイパーレーン内にずっと居るほうが安全じゃないですか？」

ミミが首を傾げてそう言う。ハイパーレーン内に潜伏という手は確かにアリだな。その発想は無かった。俺の認識はどうしてもステラオンラインの知識に引っ張られるんだよな。

ステラオンラインでは一瞬で終わっていたハイパードライブを使っての移動も、この世界では普通に数時間、場合によっては数十時間かかる。超光速ドライブでの移動と違って、ハイパードライブでの移動がインターディクトされることはない。時間稼ぎにはもってこいといえばもってこいではある。

「確かにその手は安全だけど、補給の問題があるな。アレイン星系で補給してからシエラ星系に来るまでクリシュナは無補給で来ただろ？」

流石にこんな事態は想定していなかったし、とっととシエラ星系でバカンスを楽しみたかったので途中でステーションやコロニーに寄ることなくアレイン星系から直行してきたからな。

「むぅ……確かに、今の備蓄で二週間以上は厳しいですね。じゃあ、物資を補給してからでは？」

「エルマの言葉を信じるならこのコロニーでの物資の補給をすること自体がリスキーなんだよな。でも、隣の星系にでも行って、そこで補給するって手もあるにはある。あと、ハイパードライブを使っての移動中に襲撃されることはないけど、ハイパードライブ終了時に待ち伏せされる可能性はある。それこそ、この星系に来た時みたいにな」

「うっ、確かにそれはそうですね」

このシエラ星系に来て早々に宙賊どもにインターディクトされたことを思い出したのか、ミミが顔をしかめた。それでクリスに出会えたのは良かったのかどうなのか……まぁ、出会えなかったらクリスは酷い目に遭っていた可能性が高かったし、良いことだったんだろうな。

「むむ……お二人の会話に入っていけません」

クリスはそんなことを言いながら悔しそうな顔をしている。まぁ、クリシュナに乗って暫く経っているミミと違って、クリスは今まで傭兵稼業なんかとは全く無縁のお嬢様だったわけだからな。こういう会話に参加するのは無理だろう。

「詳しいところはエルマが帰ってきてから詰めたほうが良いだろう。しかしアレだな、生身での白兵戦が起こる可能性も考えないとダメだな。俺はちょっと装備の確認と点検をしてくるぞ」

「私もお手伝いします！」

「え、ええと、私もお手伝い致します！」

二人が揃って手を挙げる。いや、扱いを間違えると危ないものも多いし遠慮してもらいたいんだが……でも、そのうちミミも使うことになるかもしれないし、遠ざけておくのもちょっと違うか。少しずつ慣らしていかないとな。

「ミミはともかく、クリスもか？」

「私もいざという時には戦いますから！」

クリスが小さな手を握りしめ、グッと気合を入れている。いや、そんな状況に陥らせるようじゃ俺達は護衛失格なんだが……まぁ、扱いの簡単なものくらいは教えておくか。何がどこで役に立つかわからないしな。

二人を引き連れてカーゴルームへと向かう。クリシュナのカーゴルームは文字通り貨物室なわけだが、ここは武器庫も兼ねている。俺がアレイン星系のバイオテロ騒動の時に使ったパワーアーマーやレーザーランチャーのような武器を始めとして、その時にエルマが警備用に持ち出したレーザーライフルやその他白兵戦用の武器なども保管してあるのだ。

「わぁ、なんだかすごいですね。これは全て武器なのですか？」

「まぁ、概ねそうだな。それだけでもないけど。危ないものが結構多いから、勝手に触っちゃダメだぞ」

「はい」

クリスが素直に頷くのを見てから装備のチェックを始める。パワーアーマーやレーザーランチャーはとりあえず飛ばすとして、まずはレーザーライフルだな。これはレーザーガンよりも強力な火力を持つ武器で、連射性能、出力、射程、全てにおいてこちらのほうが上だ。倍率が自在に変更でき、暗視モードや赤外線センサーモードなども使うことができるマルチスコープも搭載しており、遠距離狙撃もできる。

レーザーガンに比べるとどうしても嵩張るから、これを街中で持ち歩くことはまず無いな。コロニーによってはコロニー内での携行を禁止としているところも多い。そうでなくとも、こんなものを持ち歩いていたら官憲にスタァァァップされて職質不可避である。明らかに自己防衛用と言い張るには過剰な代物だからな。

次にチェックしたのはボール型の物体だ。別に小型エイリアンに投げつけてゲットしたりするものではなく、これは一種のグレネードのようなものである。スタングレネード……というと音と光で視覚と平衡感覚を奪うアレになっちゃうな。ショックグレネードとでも言おうか。スイッチを押して投げると、このボールを中心として半径５ｍほどの範囲に強力な電撃をお見舞いすることができる武器だ。

宇宙船内やコロニー内で爆発を起こしたりすると大変危険なことになるからな。外殻に穴が空いて全員お陀仏とか洒落にならないだろう？　そういうわけで、ステラオンラインでは、他のゲームにおけるフラググレネードと同じような扱いでこのショックグレネードが主に使われているという説明が為されていた。この世界でも同じかどうかはわからないけど。

二人にレーザーライフルとショックグレネードの使い方を簡単に教えておく。流石に船の中で試射などをさせるわけにはいかないから、セーフティをかけた状態で構えさせてみたり、ダミーのグレネードを投げさせてみたりしただけだけど。

あとは武器じゃないけど救急ナノマシンユニットの使い方も教えておいた。

これはガンタイプの注射器で、負傷者に押し付けてトリガーを引くことによって激痛を大幅に緩和し、重大な負傷の応急処置をすることができる。

所詮は応急処置なので無理をすると命に関わるわけだが、即死さえしなければとりあえず命を取り留めるくらいのことはできる。使い方は知っていても損はない。こんなものを使う機会は無いに越したことはないけど、万が一ということもあるからな。

「とりあえず、救急ナノマシンユニットとショックグレネードだけでも使えるようになっておくと良いな。これで援護してくれるだけでも助かるし」

「わかりました。頑張って投げる練習をしておきます」

「私も練習しておきますね」

「障害物の後ろにいる相手に的確に当てられるようになると、とても強いぞ。扱いも簡単だし、下手にレーザーガンとかレーザーライフルを使おうとするよりも二人に合ってるかもしれないな」

近寄られると使えなくなるが、二人の場合はショックグレネードを使えなくなるような距離まで詰められた時点で負けだろうしな。

「保管場所を覚えておいて、いざという時は持ち出せるようにしておくように。でも、自分の部屋とかに持っていっちゃダメだぞ。危ないから」

「はい」

「わかりました」

素直に頷く二人。二人とも悪戯をするような性格ではなさそうだから、あまり心配はいらないだろうけど、一応な。

そうやって装備のチェックをしていると、小型情報端末から通知音が鳴った。ミミのタブレットからも音が鳴っているから、恐らくエルマからのメッセージだろう。ジャケットのポケットから小型情報端末を取り出し、メッセージを確認してみる。

『早速尾けられてるわ』

動きが早いな。もう俺達を特定したのか。まぁ、港湾管理局に監視を置いてたなら当然と言えば当然かもしれない。

『どうする？　迎えに行くか？』

『大丈夫よ、流石に向こうも人通りの多い道で仕掛けてくるのは無理だと思うから。でも、思ったより向こうの動きが早いわ。あまり猶予は無さそうね』

『物資の補給も危ないか？』

『リスクが高いわね。とにかく、急いでそっちに戻るわ。仕掛けられたら面倒だし』

『わかった。気をつけて、急いで戻れ。位置情報をオンにして、いつでもＳＯＳを送れるようにしておけ』

『了解』

メッセージのやり取りが終わる。

さぁて、本当に思ったより動きが早いな。これはますます早めに手を打ったほうが良さそうだ。

☆★☆

「ただいま」

「おかえり。無事で何よりだ」

　メッセージのやり取りを終えて十分ほどでエルマは戻ってきた。思わず抱きつこうとしたが、スッと避けられた。何故避ける。

「何よ突然」

「心配だったんだよ」

「心配されるほどのことじゃないわよ。まったく、あんたは気が大きいんだか小さいんだか」

　そう言って苦笑いをしながらエルマのほうから軽く抱きつき、頬の辺りにキスをしてきた。なんだこの……なんだ。この胸のときめきは。まるで男女の立場が逆なのでは？　やだ、残念エルフにキュンとしたの？　俺。

「何よ、突然顔を背けたりして」

「なんでもない」

「なんでもなくないでしょ」

「なんでもない」

　回り込んで俺の顔を覗き込もうとするエルマから顔を背けながら食堂へと移動する。

「あっ、エルマさんおかえ……どうしたんです？」

「ヒロったら照れてるみたい。意外と可愛いところあるわよね」

「照れてない」

「私のことが心配だったんでしょ？」

「心配してない」

「またまた。さっきと言ってることが違うわよ？」

エルマがニヤニヤしながら前に回り込んでくる。とってもウザい。でも俺は強い子なので屈しないぞ。

「ヒロ様は意外と可愛い方なのですね」

「新たな一面です」

クリスとミミにまで言われてしまっているが、俺は負けないぞ。

「とにかく！　今後のプランを練ろう。可及的速やかに。今は何よりスピードが大事だ。先手を打っていかないと相手に主導権を握られてしまう。そうなったら厄介だ」

「はいはい、そうね。そう言うってことは何かプランを考えてあるのね？」

「どれも自信たっぷり、とは言えないがいくつかな。まずは――」

というわけでミミとクリスとの三人で相談した内容をエルマに伝えて意見を聞くことにする。

「追手を引きつけて全滅させるって手は悪くないわね。何にせよ敵の目を潰(つぶ)すのが一番だし。このコロニーに居る限り、私達は敵の監視からは逃れられないわ。ならいっそ宇宙に出るっていうのは有効だと思う」

「問題は補給だよな」

「そうね。今の備蓄だと二週間は保(も)たないわね。リゾート星系に行けば、あちらで補給を受けることは可能だと思うわ。警戒する必要はあるけど、流石に全リゾート星系にまでは敵の手は伸びてないでしょうし。でも、補給だけを考えるなら正直二つ隣の星系まで移動して補給したほうが安上がりね」

「二つ隣か？」

「ええ、二つ隣にしたほうが良いわ。隣接星系には網を張っている可能性があるから。隣接星系は三つだけど、二つ隣となると一気に数が増えるから、そこまで広範囲には網を張れないだろうしね」

「なるほど」

エルマの説明に納得する。

「じゃあ、リゾート惑星への潜伏はやめて二つ隣の星系で補給して宇宙空間とハイパースペースに潜伏するか？」

「難しいところね。移動すればするだけ痕跡が残るから、追手を倒した後に即リゾート惑星に逃げ込んだほうが安全性が高いかもしれないのよね。リゾート惑星ってセキュリティも実は結構しっかりしてるから」

「なるほど。どの程度しっかりしてるんだ？」

「帝国の有力者や貴族はもちろんのこと、場合によっては他国の要人なんかも訪れることがあるの。セキュリティレベルはかなり高いわよ。そんな場所でテロ事件なんて起こったら帝国の威信に関わるわけだからね」

これは新情報だ。パンフレットとかにも載っていなかった。やっぱりエルマみたいな事情通を交えて作戦を立てたほうが効率が良いな。

「……やっぱりリゾート星系でのんびりバカンスで良くないか？」

「そうねぇ……クリスのお祖父様から経費は出るのよね？」

「えっと、可能な限り口添えはさせていただきます」

エルマの質問にクリスは精一杯の返答をした。まぁ、クリスには実権も何も無いわけだからそれくらいしか言えないよな。

「予算はどうする？　３００万エネルくらいまでは突っ込むか？」

「やりすぎじゃない……？　二週間とすると一人あたりの相場ってどれくらいだったかしら？」

「えっと、２万から６万エネルくらいですね。高いところだと上限がないですけど、一般的なところだとそれくらいです」

「四人で８万から24万エネルね。三惑星でダミーを含めて三つずつのグレード、別の旅行会社、別の施設、名義も別々にしましょう。ミミ名義で二週間８万エネルくらいのコースを、私名義で二週間16万エネルのコースを、ヒロ名義で二週間24万エネルのコースをそれぞれ予約しましょう。これで１４４万エネル。これくらいで十分よ」

「物凄い散財ですね……」

１４４万エネルという金額にミミが苦笑いを浮かべる。日本円に換算するのが正しいかどうかはわからんが、およそ１億４４００万円の散財だ。ステラオンライン的な金銭感覚で言えば１４４万エネルは駆け出し御用達のマルチロール艦や戦闘艦の購入費用といったところだろうか。

フルカスタマイズの費用と万一撃墜された際の保険料まで考えるとちょっと心許ない。

「帝国貴族の伯爵様ならこれくらいなんでもないわよ。可愛いお孫さんの命を守るための必要経費ってことならホイホイ払うわ」

「貴族ってそんなに儲かるんですか？」

「動かす金額の桁が違うのよ。そういう意味で傭兵の金銭感覚は貴族に近いと言っても良いかもしれないわね」

首を傾げるミミにエルマが肩を竦めてみせる。自分ではあまりそうは思っていないが、俺の金銭感覚は完全にＳＯＬのプレイ感覚そのままだからな……少なくともこの世界においては庶民的な金銭感覚とは言い難いんだろうな。

「私にはちょっとよくわからないです……すごい金額なんですよね？」

「そりゃそうでしょうね。その歳では貴族としての金銭感覚はまだ身についていないと思うわ。自分でエネルを使ったことも殆ど無いんじゃない？」

エルマの言葉にクリスは素直に頷いた。なるほど、クリスの年齢だと自分で買い物をすることも無いのか。全部親や使用人が用意してくれてたのかね？

「あー、それじゃあ全部で九つのツアーを予約して、そのうちのどれかを利用するってことか？」

「いえ、もう一つ本命を予約するわ。どうせなら経費請求がキリよく２００万エネルになるように高級リゾートにしましょうか。四人で二週間56万エネルくらいのコースを見繕いましょう」

「二週間のバカンスに56万エネルかぁ……」

二週間で５６００万円、一人あたり１４００万円、つまり一泊１００万円のリゾート……元の世界で一般庶民だった俺には想像もつかん領域だな。

「経費が出ればタダよ、タダ」

「出ればな。クリスのお祖父さんが太っ腹なことに期待しよう……まぁ、出なかった時は出なかった時で、クルーと俺の福利厚生と思えば……高ぇな」

「折角ガンガン稼げる船と腕を持ってるんだから、こういうエネルの使い方も覚えておきなさい。

貧乏臭いと舐められるわよ」

「そんなもんかね？　というか、こういう金の使い方を平然と決断できる辺り、お前やっぱりいいとこのお嬢様だろ？」

「ひゅひゅー♪」

「口笛吹けてないからな？」

エルマが視線を逸らして誤魔化そうとする。まぁ、本人が喋りたくないなら無理に聞き出しはしないけどさ。

「でも、そういう高額のプランは一般人は申し込むのが難しいみたいなんですけど……」

ミミがタブレットを操作しながら困った顔をする。おおう、こういうところで邪魔が入るのか。流石に貴族制が存在するだけはあるな。

「そこはちょっとした伝手があるから大丈夫」

「……お前の伝手、どうなってんだ？」

「いい女には秘密がつきものよ」

「いい女には……」

「秘密がつきもの……」

得意げな笑みを浮かべるエルマを見てミミとクリスが今にもメモでも取りそうな雰囲気だ。エルマは確かにいい女だけどさぁ……君達二人とは方向性が合わないと思うんだよな。いや、クリスは成長すればどうなるかわからないけれども。

「じゃあ、そういう方向で行くか。予約の手続きとかは任せていいか？　金に関しては俺の口座から出していいから」

「良いけど、その間ヒロは何をするの？」

「俺は船長様なので、面倒な手続きはクルーに任せてクリスのお相手をします」

そう言って俺は胸を張る。エルマの視線は冷たいが、実際問題そういう手続きはとても苦手だし、リゾートのプラン選びとか俺のセンスでやるのは不安がある。四人中三人が女性なので、正直女性のセンスで選んでもらいたい。

「確かに、あんたにプランを選ばせるのは微妙ね」

「そんなことはないと思うんですけど……でも、わかりました。ヒロ様の専属オペレーターとしてがんばります！」

俺のセンスで選ぶのはちょっと、という話をするとエルマもミミも納得してくれた。俺に選ばせると二週間耐久肉祭りとかにしちゃうぞ、きっと。というか惑星上のリゾートということは、もしや炭酸飲料が飲めるのでは……？　オラワクワクしてきたぞ。

☆★☆

「わぁ……ここがコックピットですか」

ミミとエルマを食堂に残し、俺はクリスを引き連れてコックピットへと足を運んでいた。ミミに一通り艦内は案内してもらったようだが、流石にコックピットの中までは案内していなかったようなので、俺が案内することにしたのだ。

「なかなかのものだろ？　そこがメインパイロットシートだ。良かったら座ってみるといい」

「良いんですか？」

クリスの目が歳相応の女の子らしくキラキラと輝く。

「良いぞ。小型戦闘艦のパイロットシートなんてそうそう座る機会もないだろうから、遠慮なく満喫すると良い」

「はい、ありがとうございます」

そう言ってクリスが俺がいつも座っているメインパイロットシートに小さな身体を預ける。流石にシートの大きさが合ってないが、シートを調整すればギリギリコンソールや操縦桿には手が届きそうだ。

「ちょっとシートを調整するぞ」

「はい！」

クリスをパイロットシートに座らせたままシートを弄ってクリスの身体にフィッティングさせていく。ちなみにこの調整はコンソールから自動で行うことができる。俺のフィッティングデータは保存済みなので、ワンタッチで元に戻すことも可能だ。

「よし、それじゃあ少し動かしてみるか？」

「えっ⁉　わ、私がですか⁉」

クリスが目を丸くして俺を見上げてくる。

「勿論本当に動かすわけじゃないけどな。シミュレーターでだ」

俺はいつもはエルマが座っているサブパイロットシートに身体を沈め、コンソールを操作し、俺のフィッティングデータを呼び出してシートを最適化する。そして更にシミュレーターモードを起動した。

「わぁ……」

コックピットのメインモニターには実際の宇宙空間と見分けがつかないほど精緻なシミュレーション空間が投映されていた。クリスはその光景に心を奪われたのか、目を見開いて呆然としている。

「基本的な操作からやってみようか」

そう言って俺はチュートリアルモードを起動する。これは船の起動から始まる基本操作をごく簡単にレクチャーしてくれるもので、一通りこなせばとりあえず船を飛ばすだけならできるようになるという優れものである。

一応ミミにもこのチュートリアルモードは何度も練習させていたりする。何かの拍子に俺とエルマが操縦桿を握れない状況になるかもしれないからな。その時に備えてミミにも最低限の操作は覚えておいてもらったほうが良いと俺もエルマも考えたからだ。

シミュレーターの出してくる指示に従い、クリスが小さな身体で一生懸命にチュートリアルをこなしていく。重力式慣性制御機構を使ってコックピットに加減速の感覚までしっかりと伝えてくるこのシミュレーターはなかなかに臨場感があるんだよな。

「わ、わっ⁉」

「落ち着け。オートバランサーが利いてるから、スピンして制御を失った場合は操縦桿をニュートラルに戻せば艦の動きは安定する」

「は、はいっ！」

額に汗を光らせながらクリスが少しずつ艦の操作に習熟していく。

「いいぞ、クリスはスロットルの出力調整が繊細だな」

「うん、今の旋回は滑らかだったな。その調子だぞ」

「よし、旋回にも慣れてきたな。次は目標地点に船を進めるんだ。その調子だ、上手いぞ」

クリスが基本操作を一つ一つこなしていくのに合わせてどんどん褒めていく。俺は褒めて伸ばす派なんだ。人は褒められれば悪い気はしないものだからな。モチベーションを維持するのは大事だ。

三十分ほどかけて基本操作のチュートリアルを終えたところでシミュレーターを停止させる。

「よーし、ここまでだ。頑張ったな」

「はいっ！　でも少し物足りないです」

「そう思うだろうけど、初めての船の操作で自分が思う以上に集中力を使っているはずだ。何事も適度な休憩が大事だぞ」

そう言いながらクリスの額の汗を指先で少しだけ拭ってやる。それで今の自分の状態に気づいたのか、クリスは顔を真っ赤にしてどこからか取り出したハンカチで自分の額の汗を拭い始めた。

「あ、あの、今はあまり近寄らないで頂けますか……？」

「別に気にするようなことじゃないと思うけど、気になるならシャワーでも浴びるか？」

「うぅ……」

クリスが小さな身体を更に小さくしてコクリと頷く。そしてシャワーに案内するために途中で食堂を通るのだが……。

「……ヒロ？」

「ひろ……さま？」

さて、ここで今の俺とクリスを客観的に見てみよう。
・クリスの顔が真っ赤。かつ恥ずかしげに俯いている。
・汗でしっとりとしているクリス。
・手が届きそうで届かない俺とクリスの微妙な距離感。
「……あっ。いや、何もないぞ。ちょっと興味がありそうだったから練習させただけで」

「何の練習をさせたのかしら？」

エルマが見たもの全てを凍りつかせそうな冷たい視線を俺に投げかけてくる。うわぁぁぁ！　動揺して言葉選びを間違えた！

「船の操作だ！　いかがわしいことは何もしてない！」

「ヒロ様……」

慌てて弁明する俺にミミが悲しげな視線を向けてくる。違うから、変なことはしてないから。何を想像しているのかは容易に察せられるが、違うそうじゃない。

「俺は無実だ！」

この後二人の誤解を解くのにとても……とてもとても苦労した。

☆★☆

「流石にこれは俺も激おこですわ」

「悪かったわよ……」

「ごめんなさい……」

　エルマとミミの誤解を解いた俺は流石に怒っていた。

　いや、わかるよ？　ミミにもエルマにも手を出している俺に信用がないってことは。でも流石に保護対象の年端も行かない女の子にいきなり手を出すと思われるのは心外である。クリスのことは可愛(かわい)いとは思うが、手を出そうとは全く思わない。

「隙だらけのセレナ少佐にも手を出さなかった俺をもう少し信用しても良いんじゃないか？　同じ理由でクリスにも手を出すつもりは無いから。貴族の子女に手なんて出したらどんな柵(しがらみ)に囚(とら)われることになるか俺にだって想像はつくっての」

「返す言葉もないわ」

「です……」

　そもそも、クリス相手にそういうのは色々と無理があるだろう。主に物理的な面で。背の高さはミミより少し低いくらいだけどもさ。俺はそんな鬼畜じゃないぞ。

　ちなみに、俺と一緒になって誤解を解いてくれたクリスは一人でシャワー中である。

「まぁ、ここまでにしとくけど……君達はもう少し俺を信用してください」

「はい」

「ごめんなさい」

　素直に頭を下げる二人。まぁここまで素直に謝ってくれればこれ以上追及するのは野暮というものだろう。ある意味では身から出た錆(さび)なわけだし。

「それじゃあ報告を聞こうか。進捗はどうなんだ？」

「ええ、とりあえず予約は取れたわ。明後日からの滞在予定で、期間は二週間ね。合計で２００万エネル内に収まったわよ」

「数万エネルの決済を自分の手でやるのって、本当に手が震えました……」

エルマは神妙な顔で、ミミはかなり疲れ切ったというか憔悴したような様子でそう言う。

ミミは庶民派の金銭感覚を持っているからそうだろうな。エルマは元々がどっかのお嬢様っぽい上に傭兵としての金銭感覚もあるせいか、高額決済に関して全く堪えた様子がない。実に頼もしい。

「これから先もこういう金額の大きい買い物をミミに任せることもあるだろうから、慣れてもらうしかないな」

「……がんばります」

新しい船の購入とか、カスタマイズをするとなると数百万エネルくらい簡単に吹っ飛ぶからね。

「明後日までどうやって時間を潰すかね？」

「そうねぇ。敵に私達が出港準備をしているってことが伝わるようにするのがいいわよね。追ってきたところを一網打尽にするなら、こっそりと出ていくよりも堂々と出港準備をして、堂々と出ていったほうが良いわ」

「とは言っても、具体的にはどうする？　出港準備として物資の補給とかするのは怖いだろ？」

「それはそうね。クリスから話を聞いた私達が自分達を警戒しているっていうのを相手もわかっているはずだし、チャンスがあれば容赦なく手を打ってくるでしょう。ちょっと窮屈だけど、船の中に引き籠もっているのが正解でしょうね」

「明後日ということは、今日と明日の二日間だけですか。二日くらいならどうということはないですよね」

「そうだな。ハイパードライブで航行してるとそれくらい缶詰になるのは日常茶飯事だし」

まぁ、クリスが居るわけだからそうそう爛れた生活はできないが。流石にね、クリスがいるのに自重しないほど俺も我慢がきかないわけじゃないからね。

「そういやどんなところに滞在するんだ？　俺もぱぱっとパンフレットには目を通したが、あまり高いところのはパンフレットを見もしなかったから想像もつかないぞ」

「あ、そうでしたね。ええと……」

「行く前に何もかも知っていると楽しみが半減するわよ？」

「何もわからないで右往左往するのも問題だろ。俺は一応クリスの保護者なんだし、情報は知っておいたほうが良い」

肩を竦めてそう言うと、エルマはそれもそうね、と言ってミミに目配せをした。エルマからの目配せを受けたミミがタブレット型端末の画面に目を落とす。

「今回私達が行くのは海洋惑星のシエラⅢですね。惑星表面の八割以上が海面となっていて、惑星上には大陸と言えるようなものは一切ありません。あまり大きくない島が各地に点在しているような形ですね」

「なるほど……どうやって管理してるんだ、それ」

そんなに大きくない島となると、常にリゾート会社の職員が駐在しているというわけでもないだろう。

「あまりリゾートに適さない大きめの島に管理ＡＩを置いて、その管理ＡＩが統括するアンドロイドやロボットに滞在者の世話をさせるようになっているみたいです。セキュリティに関しては無人兵器やガードロボットを多数配備しているとか」

「それって管理ＡＩがクラッキングされたりしたら滅茶苦茶危なそうだよな」

「そう簡単には行かないわよ。惑星を統括管理している陽電子ＡＩのセキュリティレベルはとても高いらしいし。もし統括管理ＡＩをクラックするなら、少なくとも同じレベルの陽電子ＡＩを二つは用意しないと無理じゃないかしら」

「そういうものか」

「そういうものよ。さっきも言ったけど、リゾート惑星は帝国貴族や有力者、他国の要人も利用することがあるのよ？　そんなにヤワなセキュリティじゃないわ」

なるほどなー。そんな場所なら確かに安全そうではあるな。

「海洋惑星ってことは、今回の滞在場所では海のレジャーを楽しめるってことだな」

「そうですね。私達が滞在するのは中規模くらいの島を一つ貸し切るプランで、クリシュナが発着できるスペースもあるみたいですよ。私達以外の人が島に近づくと、警告後実力行使されるそうです」

「なにそれこわい」

「岩に擬態したレーザー砲台とか、地下や海底に配備されたガードボットとかいろいろ配置されてるらしいわよ。正直、襲撃をかけるのは自殺行為ね」

「想像以上に剣呑(けんのん)なセキュリティだな……それにしても島を一つ貸し切りとは、なかなか思い切ったプランだ」

　中規模の島というのがどれくらいの広さなのかはわからないが。

「高いなりのプランではあるわよね。海辺で日光浴を楽しんだり、海水浴を楽しんだり、自然の中を散歩したり、可愛らしい異星生物と戯れたり、色々できるみたいよ」

「ほー。そりゃ楽しみだな」

　可愛らしい異星生物には興味があるな。フェ◯スハガーとか凶悪化したグ◯ムリンみたいなやつだったら怒るぞ、俺は。見た目可愛らしいのに頭が四つに割れて凶悪な顎がクパァするやつとかな。

「食事は新鮮な海産物や、近隣星系で採れる様々な珍味が饗されるそうです」

「ミミ的にも満足できそうな感じだな」

「はいっ」

　今からまだ見ぬ宇宙グルメに思いを馳せているのか、ミミの目がキラキラしている。しかし、新鮮な海産物ね……見た目的に俺が受け容れられるものなら良いんだけどな。まぁ、日本人のメンタルを有する俺にかかれば海産物なんて何でも美味しくいただけそうな気がするが。

　そんな感じで訪れる予定のリゾート地の話で盛り上がったりしつつ、クリスを船に迎えた初日は穏やかに過ぎ去って行くのであった。

＃３：追手

翌日である。

「美味しい……！」

朝からクリスティーナ様が目を輝かせてハンバーガー（のようなもの）にかぶりついておられる。

いや、昨晩の夕飯にうちのテツジン・フィフスに作らせたホットドッグ（のようなもの）やピザ（のようなもの）を食わせたんだけどね？　今まで自動調理器で作るこういうジャンクな味には慣れ親しんでいなかったようで、クリスはその魅力に完全に囚われてしまった。

彼女曰く、この濃いめの味と手掴みで食べる背徳感がたまらないらしい。まぁ、自動調理器で作るジャンクフードの類は本来のその意味から外れて高カロリーで低栄養価ってわけじゃないけどね。一見ジャンクフードに見える完全栄養食っていう夢のような食べ物だから。

「大丈夫かしら。変なものを覚えさせたって言われそう」

「下々の食べているものを知ることは悪いことじゃないと思うぞ」

「下々の、とはいってもこの船のテツジンは高性能自動調理器ですけど……」

テツジン導入前にこの船に備えられていた自動調理器も決して性能的に悪いものじゃなかったけど、テツジンに比べると一段どころか二段……いや、三段は劣る味だったからなぁ。テツジン・フィフスが出すこの味を『庶民の普通』と覚えるのは流石によろしくはないか。

いずれ機会があったら普通の自動調理器で作ったあまり美味しくない合成食にも挑戦してもらおう。できればアレイン星系名物のアレみたいなやつ。

そういえばアレイン星系名物のアレといえば、世の中にはフードカートリッジをそのまま開封して食うという変態もいるらしい。彼ら曰く、製造から一年以上、二年未満のフードカートリッジが一番美味いのだとか。なるほど、わからん。

話が逸れたな。

『それで、一緒に寝た感じはどうだった？　魘されたりとかそういうことはなかったか？』

『はい、特にそういうことはなかったです。疲れていたのか、ぐっすりとおやすみでしたね』

『そうか。それなら良かった』

俺もメシを食いながらメッセージアプリでミミに昨晩のクリスの様子について聞いておく。もしかしたら魘されたり、フラッシュバックを起こしたりするんじゃないかと心配してたんだよな。まだ一晩だからわからんけど。

「今日はどうするかね」

「船の整備くらいしかやることがないわね。出歩くのは危ないし、物資の補充も何をされるかわかったものじゃないわ」

「コロニーの物資輸送システムに介入なんてそんなに簡単にできるものですか？」

ミミが首を傾げる。俺もそう思わないでもないけど。

「簡単にできるとは思えないわね。でも、もし介入されて反応爆弾でも荷物に紛れ込まされたら私達は全滅よ」

「外からならともかく、内側に放り込まれたらさすがのクリシュナも木っ端微塵だな」

反応爆弾というのはクリシュナの対艦魚雷に搭載している反応弾頭を小型化して持ち運べるようにした大変危険な爆弾である。ぶっちゃけコロニーを半壊させかねない威力なので、軍以外が所持するのは禁止なのだが……それくらいは用意しかねないとエルマは考えているのだろう。

「そこまでやるでしょうか……?」

ミミはどうにも納得できないようである。まぁ、その気持ちはわかる。クリスが運び込まれたのは昨日だし、昨日の今日でそこまでの工作ができるのかと言われると俺も首を傾げざるを得ない。

「でも、昨日の時点でエルマがもう尾けられてるからな」

「そうなのよね、動きがとても早いわ。警戒しすぎて悪いことはないと思うわよ」

「う……そうですね。油断は禁物ですよね」

「私が生きているだけで叔父様は身の破滅ですから。常に最悪を意識して動いたほうが良いと思います」

ハンバーガーを食べ終えたクリスがお上品に口元をナプキンで拭って頷く。こういうところは育ちが出るな。俺も口元が汚れれば拭うくらいはするけどさ、なんか所作が違うよな。

「しかし、全く出歩かないのも警戒されるかね?」

「気にすることはないわよ。向こうは私達がクリスから事情を聞いたと思っているでしょうし、そうなると私達が警戒するのは当たり前だからね。下手に出歩かなくなるほうが自然よ」

「それもそうか」

事情を聞いた時点で俺達もクリスの叔父様の抹殺対象だろうしなぁ。身の危険を感じて出歩かなくなるのが自然だよな。

　そう考えていると、クリスの表情が曇った。

「すみません……皆さんを巻き込んでしまって」

「別に気にすることはないわよ。こいつがクリスみたいに困っている子を見て放っておけるわけが無いしね。こうなるのも……そうね、巡り合わせってものでしょ」

　そう言ってエルマが裏拳で俺のほうをペシッと叩いてくる。可愛い女の子が困っているのを見捨てるなんて俺にはできないからな……この先このスタンスを貫いていくのは色々と障害も多いと思うけど、できる限りのことはしていきたいね。そしてあわよくばお近づきになるのだ。

　ミミとエルマはどうするのかって？　二人のことはもちろん大事に思っているし、俺にできる限りの範囲で責任は負っていくさ。でもそれはそれ、これはこれ。いつ死ぬか、いつまた唐突に別の世界に飛ぶかわからないんだから、刹那的と言われようとも開き直っていくスタイルで行くね。

　ちなみに、傭兵ギルドには俺が突然行方不明になったり、死んだりした場合にはクリシュナの所有権と俺の財産の全てをミミに譲渡するようにこっそりと手続きをしてある。

　エルマ？　エルマは実家の伝手も完全に切れてるわけじゃなさそうだし、もし俺が死んだり突然消えた場合でもミミと一緒にクリシュナを使ってなんとでもしてくれるだろうから、特に何もしてないぞ。ミミは完全に天涯孤独だからな、こういう部分はミミが優先だ。

「？」

　俺に視線を向けられていることを訝しんだのか、ミミが首を傾げるが、俺はなんでもないと首を横に振った。

「つまり、今日も一日ヒマってわけか」

「うーん。宙賊でも狩りに行きますか？」

「それはどうなんだ……？」

伯爵家のお嬢様を連れたまま宙賊退治なんかに行ったらこれ幸いにと襲われたりしないだろうか？　手の内を見られることになるかもしれないし……というか、暇だから人狩り行こうぜ！　という発想が出てくる辺り、ミミも順調に傭兵稼業に染まってきてるな。

「悪くないけど、手の内を見られるのもね……まぁ大人しくしてましょう。こういう時は落ち着いて、油断せずにじっくりと構えているのが良いわよ」

そう言ってエルマはキッチンのクーラーからビールを取り出した。おい。

「まだ起きたばっかだぞお前」

「どっちにしろ外に出られないんだから、お酒を飲んだって良いじゃない。シールド展開しておけば外からちょっかいかけられることもないんだし」

「それはそうだけどなぁ……」

と言いつつ、俺も炭酸抜きコーラをクーラーから取り出す。クリスの分も。ミミはどうも苦手みたいなので、敢えて勧めない。

「クリス、ハンバーガーやホットドッグ、ピザと言えばこれだぞ。一緒に飲むとベストマッチなんだ」

「本当ですか？」

俺に炭酸抜きコーラを勧められたクリスが目を輝かせてボトルを開け、両手でお上品にくぴくぴと飲み始める。

「なんだか少し薬品臭いような……？　でも、とっても甘いですね」

「そうだろう。それがハンバーガーとかにすごく合うんだよ。昼飯の時に試すと良い」

「わかりました」

「あんたね……ジャンクフードだのその変な飲み物だの、そういうことをクリスに教えて伯爵に何か言われても知らないわよ」

「教育に悪いってことなら起き抜けに飯食ってすぐ酒をかっ喰らうお前も人のことは言えないだろう、常識的に考えて」

エルマと視線が合う。お？　なんだ？　やるのか？　肉体的暴力で俺がお前に勝てるわけ無いだろ。やめてくれよな。

というわけで俺は両手を挙げて降参した。情けない？　馬鹿野郎、エルマの関節技はマジで痛いんだよ。後遺症もなく痕も残らず、ただ痛い。痛めつけるのに特化してやがる……なんて物騒なエルフなんだ。

「お二人は仲が良いですね」

「そうなんです。たまに妬けちゃいます」

「でも、ミミさんも仲が良いのですよね？」

「え、えへへ……はい」

ミミが頬に両手を添えてにへら、と笑みを浮かべる。ははは、ミミは可愛いなぁ。

「ヒロは私に対して優しさとか遠慮ってものが足りないわよね。私にもミミみたいに優しくしなさいよ」

「俺がミミに接するみたいにお前に接したらお前、気持ち悪がるだろ」

「そんなこと……ない、わよ？」

「お前がベッドの上の時のようにしおらしかったら同じように接してやるけどな」

「ばっ……⁉　ちょっ⁉　ク、クリスの前で何をっ⁉」

エルマが顔を真っ赤にする。ははは、もう酔いが回ったのか？

「お、大人の会話ですね……」

「あ、あはは……」

ただのセクハラです。エルマは怒らせすぎない程度につつくのが可愛いので。

こんな感じでクリスを保護して二日目もまた比較的穏やかに過ぎてゆくのだった。いや、シールドまで展開してるのに穏やかに過ぎなかったら逆に大問題だけどな。

ちなみに、クリスはミミと一緒に部屋に籠もっておしゃべりをしていたらしい。

「……」

「……」

晩飯の時にミミとクリスが揃って顔を少し赤くして俺のほうをチラチラと見ていたのは……まさかミミ、クリスに夜の生活について詳しく話したんじゃあるまいな。まさか……いや、あり得るな。どうしよう。

どうしようもないな、うん。クリスに手を出すつもりは毛頭ないし、それはミミにもエルマにも言ってある。俺にけしかけるような真似はしないだろう。

俺は何にも気づかなかったことにして運動して風呂に入って寝た。明日はきっと大変だからな。

はい、おはようございますヒロです。昨日はしっかりと戸締まりをして初めて部屋のドアにロックをかけて寝ましたヒロです。朝、扉のアクセスログを調べたら二回くらいアクセス履歴があって内心戦慄しているヒロです。何があった。誰だよ。

内心震えながら食堂に行くとエルマが微妙に不機嫌な様子で、ミミとクリスは悪いことをしたのを隠して怒られるのを怖がっているような様子だった。互いの視線が絡み合い、微妙な沈黙が訪れる。

「……落ち着いて話し合おう。まず、俺はクリスに手を出すつもりはない、というか出せないからな。護衛対象に手を出すなんて護衛役として言語道断だし、そもそも貴族の娘さんに手を出すのは色々とマズすぎる。俺がクリスのお祖父さんの立場なら、孫の弱みにつけ込んで手を出したクソ傭兵をどんな手段を使ってでもぶっ殺すから」

俺の発言にミミとクリスが目を逸らす。

「そしてエルマ、なんとなくそんな予感がしたから昨日はロックかけてただけだから。別にお前を締め出そうとしたわけじゃないから」

「そうね、なら仕方ないわ」

不機嫌そうな様子だったエルマが一転機嫌を直して微笑む。

「とはいえその、なんだ。クリスもいることだし控えたほうが良いかなと思うんだが」

「別に気を遣わなくても良いと思うけど？」

「気まずいだろ……？」

クリスに視線を向けると、クリスは顔を真っ赤にしつつもふるふると首を横に振った。え？ それは気にしないってこと？ そういうわけにはいかんだろ。一体どこからそんなにやる気が溢れてくるんだ君達は。

「私だけ仲間はずれというのもどうかと思うのです」

「どうかと思うのです、ではない。無理だから。理由は説明したし理解はできるだろう？ というか昨日の今日で思い切りすぎ。状況的に盛り上がるのはわからないでもないが、もっと冷静になれ。吊り橋効果も作用しているんだろうが、そんなことを無理にしなくても俺はクリスをちゃんと守るから。かえってこういうことをされると気軽に付き合えない」

真面目な顔でそう言って聞かせるが、クリスは不満げな表情であった。貴族教育の一環でそういう生々しいことを学んでいるのだろうか？ 歳の割に躊躇が無さすぎる。純粋だからというのもあるんだろうけど。

「それとも、クリスは自分の感情を優先して結果的に俺とクリスのお祖父さんの間に諍いが起きても良いっていうのか？」

「……いいえ」

「何事にも手順というものがあるだろう？ 伯爵として貴族の誇りを持って生きているお祖父さんは、筋が通らないことが嫌いなんじゃないか？」

「……はい。そう思います」

「そうだろうな。帝国の貴族は誇り高い、立派な人物が多いと聞いているし」

内心説得が上手くいったことにほくそ笑みながら俺はクリスに微笑んでみせる。なに？　いたいけな少女を言いくるめて罪悪感は無いのかだって？　無いね！　クリスのためにも、そして俺の身の安全のためにも必要なことだからな！

「とにかく、そういうわけでな。ミミとエルマはクリスが無茶をしないように気をつけてくれよ。俺も勿論気をつけるが」

「うっ……わ、わかりました」

「わかったわ」

「クリスも、行動には気をつけてくれよ。今はこうして平然としているが、男の理性なんて吹けば飛ぶような脆いものなんだからな」

特に俺のはな。

「むぅ……わかりました」

クリスもなんとか納得してくれたようなので、朝食を食べてからトレーニングルームで身体を動かし、交代でシャワーを浴びて身だしなみを整える。

「いつもこういう生活なのですか？」

「はい、ヒロ様の船ではそうですね」

クリスの質問にミミが答えるが、クリスはなんとも言えない表情をした。

「私、傭兵の船での生活というのはもっとこう……粗野なものだと思っていました」

「船内設備の居住性が高級客船のキャビン並みの傭兵艦なんてこの船くらいよ」

エルマが微かに否定的なニュアンスを含んだ声音でクリスの言葉を否定する。別に住環境が良いことはいいことじゃないか。その恩恵に与って皆美味しいご飯とふかふかで清潔なベッドと快適な風呂を堪能できてるんだから。

「傭兵のロマンより快適なのが一番だ。さぁ、今日は遂にリゾートに出発だぞ。その前に恐らく追手との戦闘もあるんだから気を引き締めろ」

「はいっ！」

「はいはい」

気合を入れるミミと適当に返事をするエルマ。エルマは……うん、エルマがミミみたいにハキハキと気合を入れていたら逆に気味が悪いな。仕事は確実だし、わざわざ注意することでもないだろう。

コックピットに移動して俺はパイロットシートに、ミミはオペレーターシートに、エルマはサブパイロットシートに座り、クリスにはサブオペレーターシートに座ってもらう。これでクリシュナのコックピットのシートは全部埋まった形になるな。

「私もコックピットに入っていて良いのですか？」

「ここが一番安全だからな。慣性制御機構も一番利きの良いところだし。ただ、この前みたいに操縦桿は握らせてやれないけどな」

クリシュナの状態をチェックしながらクリスの質問に答える。念のため低出力でシールドを展開していたのだが、特に攻撃されたようなログは残っていなかった。恐らく俺達がリゾート惑星の予約をしたのを察知して、コロニーで手を出さずにリゾート惑星に向かうところを襲撃しようと考えているのだろう。

ここで手を出すよりは向こうにとってはリスクが小さいだろうからな。流石にコロニー内で襲撃なんぞを仕掛けた日には星系軍にボコボコにされるだろうし、追及の手が伸びればクリスのお祖父さんに事態を知られる前に身の破滅だろう。

「よーし。ミミ、出港申請だ」

「はい、わかりました！」

ミミが手元のコンソールを操作し、港湾管理局に出港申請を行う。程なくして出港の許可が出たので、安全運転で港湾区画を航行する。シールドは最大出力だ。事故を装って突っ込んでくるやつがいるかもしれないので、神経を最大限に尖らせておく。

妙な挙動を取る船は居ないようだ。気にしすぎだっただろうか？　いや、警戒するに越したことはないな。小型船程度ならともかく、荷物満載の大型貨物船に最高速度で突っ込まれたりしたら流石に危ないし。

「……ふぅ、緊張しましたね」

「問題はここからよ。どのリゾート惑星に向かうかわかりづらいルートを設定するから、ナビに従って移動して」

「あいよ」

エルマが設定したナビに従って船を動かす。うん、このルートなら三つの惑星のうちのどこに行くのか判別はしづらいよな。

「超光速ドライブに入るぞ」

「はい、超光速ドライブチャージ開始します」

ジェネレーター出力を上げると、キィィィィンと耳に響くチャージ音が鳴り始める。

「カウント、5、4、3、2、1……超光速ドライブ起動」

ドォン、という轟音と共にクリシュナは超光速ドライブ状態に移行した。星々の光が点から線になって後方に流れ始める。

「わぁ……小型船のコックピットからだと、超光速ドライブ中は宇宙がこう見えるのですね」

初めて見る宇宙の光景にクリスが感嘆の声を上げる。大型客船の窓から見る光景とは違うものなのかね？

「俺も最近は見慣れてきたけど、最初に見た時は――」

と言いかけたところでコックピット内にアラート音が鳴り響き始めた。つい最近聞いたばかりのアラート音だな。

「早速だなぁ」

「早速ねぇ。少し泳がせてどこの星に行く気なのか見定めるんじゃないかと思ったんだけど」

「叩き潰すから必要ないと思ったんじゃないか？」

コックピットのメインモニター上には船が亜光速ドライブをインターディクトされているという警告が表示されている。このインターディクト自体はやろうと思えば振り切ることもできなくはないのだが、今回の目的は追手を返り討ちにすることなので、やはり前回と同じく敢えて抵抗しない。

無理矢理インターディクトされて通常空間に放り出されるよりも体勢を立て直しやすいからな。

「ミミ、戦闘準備だ。エルマはサブパーツの制御を任せるぞ。前回と同じく出し惜しみは無しだ」

「わかりましたっ！」

「アイアイサー」

「あ、あのっ、私は？」

クリスが声を上げるが……私はと言われてもな。

「戦闘機動をするから舌を噛まないように気をつけてくれ。慣性制御機構が利くから身体にかかるGはかなり軽減されるけど、それでも激しい戦闘機動を取るとそれなりに負荷がかかるから気をつけてな。あと、怖くてもあまり叫ばないでくれると助かる」

「は、はいっ。がんばります」

クリスが緊張した声で返事をする。あんまりキャーキャー言われると気が散るからな。そう考えると、ミミは最初から静かで助かったな。単に怖くて固まってただけかもしれんが。

ジェネレーター出力を絞って速度を落とし、インターディクトに逆らわずに通常空間に戻る。

ドォン！　という轟音と共に後方に流れていた星々の光が点に戻った。それと同時にジェネレーター出力を最大に上げる。

「おおっと！　いきなりだな！」

ウェポンシステムを立ち上げながら回避機動を取り始めると、つい今までクリシュナが居た空間を赤い光条が何本も貫いていった。警告なし。殺る気満々である。

「敵機、小型艦十二、中型艦四です！」

「チャフ起動、フレアとシールドセルもいつでも行けるわよ」

「オーケー。じゃあ行くぞっ！」

反転して重レーザー砲を搭載した四本の武器腕と二門の散弾砲を襲撃者へと向ける。

さぁ、反撃開始だ。一隻たりともこの宙域からは逃がさんぞ。

「宙賊には見えないなっ！」

容赦なく飛んでくる真紅のレーザー砲撃を攪乱（かくらん）しながら叫ぶ。こちらを攻撃している十二隻の小型艦は全て（すべ）揃い（そろ）のミドルクラス戦闘艦、四隻の中型艦も全て揃いの型落ち軍用艦である。

「船も装備も揃いすぎね」

「それにタフだな」

敵の小型艦はこちらの四連レーザー砲撃をまともに受けてもシールドを抜いてギリギリ装甲で耐えている。そこらの宙賊ならクリシュナの重レーザー砲四門による一斉射を受けたらシールドを貫通して装甲と船体を貫き爆発四散、というところなのだが。

つまり、シールドと装甲のどちらか、或い（ある）はどちらもが宙賊の雑魚（ざこ）艦とは一線を画しているというわけだ。

「攻撃力はどうだ？」

「一般的な宙賊よりもワンランクかツーランクは上の装備ね。シールドの減衰率が高いわ」

「なるほどな。ミミ、星系軍への通報は？」

「ダメです！　ジャミングされてます！」

「まぁそうだよなぁ」

「当然よね」

時間を稼いでいれば妨害電波に気づいた星系軍が現れるかもしれないが、まぁそれよりも自分達で倒したほうが早いな。フライトレコーダーの記録を提出すれば咎められることもないだろう。

「様子見はここまでってことで、行くぞ！　クリスは舌を噛むなよ！」

「アイアイサー」

「あ、あいあいさー！」

「はい！」

三者三様の返事を聞きながら緩急を織り交ぜた鋭角な回避機動を何度か繰り返し、敵の包囲網に揺さぶりをかける。

「っしゃ、ここだっ！」

正面に捉えた小型艦に四門の重レーザー砲と二門の散弾砲を斉射して一気に撃破し、それによって生まれた包囲網の間隙に全力で突っ込む。今までひらひらと逃げながら散発的に応射していた俺の動きが突然変わったことに対応できず、包囲網を作り出していた敵の連携に一瞬動揺が走った。

その隙を逃す俺ではない。

「まずはデカいのからってなぁ！」

クリシュナに突っ込まれまいと必死になって中型艦が放ってくるレーザー砲撃をバレルロールじみた機動で極力回避しながら突っ込み、避けきれなかったレーザー砲撃をシールドで弾きながら重レーザー砲の連射を一隻に集中して浴びせていく。

やはり中型艦もタフだ。一斉射、二斉射と重レーザー砲を浴びせるがシールドがダウンしない。シールドセルも装備していそうだな。だが……。

「こいつならどうかな」

至近距離で艦首に装備されている二門の大型散弾砲をぶっ放してやる。

二門の大型散弾砲から飛び出した無数の散弾は消耗していた敵中型艦のシールドを突破し、その船体を容赦なく穴だらけにした。こいつは少し距離が離れると途端に威力が落ちてしまうが、こと近距離戦においては無類の火力を叩き出す。

「このまま中型艦に張り付くぞ」

「お手並み拝見ね」

沈黙した中型艦の陰に回り込み、こちらを追ってくる小型艦の射線を一旦切ってから次の中型艦に肉薄する。敵の中型艦の至近に張り付いてしまえば小型艦どもはそう簡単にクリシュナを撃つことができない。フレンドリーファイアを承知で撃ち込んできてくれるならそれはそれでいいしな。追ってくる敵小型艦に対して敵中型艦を常に背に負うよう意識しながら一隻ずつ中型艦を仕留めていく。

「いやらしい戦い方ねぇ」

「一対多の戦いをするなら工夫しないとな」

そうでなきゃすぐに四方八方から撃たれて蜂の巣だ。いくらクリシュナのシールドが強固だからといっても限度というものがある。

「ダメージは？」

「結構撃たれてるけど、シールドが飽和するほどじゃないわね。向こうも外したら味方に当たるとなるとそうそう撃てないわよ」

エルマがコンソールを目まぐるしい速度で操作している。俺も敵に照準を絞られないよう回避運動をしてはいるが、光速で飛来するレーザー砲撃を全て避けるのは不可能だ。

なので、エルマは被弾地点のシールド出力を一時的に厚くしたり、減衰してきたシールドをシールドセルで補強したりしてクリシュナのダメージをコントロールしている。チャフやＥＣＭを使って敵の照準を欺瞞したりもしている。

「おっと」

そうやって敵の中型艦に張り付きながら戦っていると、痺れを切らしたのか敵の小型艦が何隻か向かってきた。肉薄し、クリシュナに体当たりをしてでも中型艦から俺を引き剥がそうという魂胆だろう。

「アホめ」

姿勢制御ブースターを使って機体をその場で急速旋回させ、肉薄してきた小型艦に散弾砲を向ける。そして躊躇なく発砲。

発射された無数の弾丸が三隻の小型艦のシールドを一瞬で飽和させ、その船体を穴だらけにした。少々メタリックな穴空きチーズの出来上がりだ。

「よーしよし。動きの癖も掴めたし、そろそろ反撃開始だな」

俺から逃げようとする敵中型艦に後ろ向きに張り付きながら、追ってくる敵小型艦に重レーザー砲の斉射を浴びせていく。一斉射で仕留められないなら、もう一斉射当てれば良いじゃないの精神だ。

「変態機動すぎる……どうやって後ろ向きにぴったり張り付いてるのよ」

「レーダーの反応と敵の動きの癖を掴んでだな」

なに、後ろ向きに歩きながらスマホを操作するようなもんだ。慣れればできるできる。宇宙空間だからちょっと移動方向が多いけど。

この後ろ向き張り付き射撃を習得するためにフレンドと血の滲むような特訓をしたものだ。

「そろそろ叩き潰せるな」

敵の数も減ったので張り付いていた中型艦に散弾砲をぶち込んでとどめを刺し、小型艦の掃討に向かう。中型艦？　足も遅いし、前衛の小型艦の数が減ったらただの的よ。火力が高いから油断すると危ないけど。

数の減った小型艦どもに突っ込み、擦れ違いざまに散弾砲を浴びせてやる。逃げようとする小型艦のケツを取って重レーザー砲をぶち込んでやる。中型艦がやけくそ気味に発射してきたシーカーミサイルを引き連れたまま敵の小型艦に突っ込み、擦れ違いざまにフレアを撒いて誤爆させてやる。

こうやって数が減れば後は消化試合だ。程なくして全ての敵の掃討が完了した。

「ちょっと苦戦したな。流石に装備も練度も普通の宙賊とは比べ物にならなかった」

「そうね……」

エルマは何故か難しい顔をしている。

「こ、怖かったです……」

ミミは久々の苦戦に顔を青くしていた。これに近い苦戦をしたのは……ターメーン星系で連邦艦隊に突っ込んだ時以来か。あの時よりはまだ余裕があったけどな。今回は対艦反応魚雷を使うまでも無かったし。

「手早くブツを回収していこう。狙い目はクリスの叔父さんにとって致命的な証拠となり得るデータキャッシュだ。小型艦はどうせ大したものを持っていないだろうから中型艦を狙うぞ」

「アイアイサー」

「は、はいっ！」

クリシュナを撃破した敵の中型艦に寄せて積んでいる物資やデータキャッシュを略奪していく。こいつらは装備も良いから、時間があれば装備を剥ぎ取っていきたいところだが……あまり長居すると星系軍に嗅ぎつけられるかもしれないし、こいつらの仲間に捕捉されかねない。

四隻の中型艦の残骸から食料や水、データキャッシュなどを手分けして略奪する。三人でドローンを操作すれば一隻あたりの略奪時間はそう長くはならない。

「データキャッシュはあるだろうけど、物資は期待できそうも無いよなぁ。こいつら遠出する予定じゃなかっただろうし」

「そうでもないわよ。中型艦ならクルーは四人から八人でしょ？　推進機関喪失とか万が一の事態に備えて一週間から二週間分の物資は積んでいるはずよ」

「そういうものか」

調べてみるとエルマの言う通り俺が想像していた以上に水と食料が手に入った。中型艦四隻分で俺達が軽く一ヶ月くらいは食いつなげそうなほどの量だ。

「想像以上に大漁だったな。この物資を元手に逃げ回っても良いかもしれん」

「リゾート惑星に引き籠もってもダメだったらそうしましょ」

物資を引き上げたらすぐさま超光速ドライブを起動して戦場を離脱する。

「これで一息つけるか……大丈夫か？　クリス」

クリスのほうに目を向けると、クリスは顔面蒼白のままコクコクと頷いた。両手で口を押さえているのはきっと俺の言いつけを守って悲鳴を漏らさないようにするためだろう。

すぐ隣のエルマに目を向けると、彼女はコックピットに持ち込んでいたグラビティスフィア――かっこいい名前だが要は無茶な機動をしても中身が溢れないドリンクホルダーである――からストローを伸ばして水分補給をしていた。流石にエルマは余裕だな。

ミミももう既に落ち着いて収奪した物資と機体の状態をチェックしているようだ。うーん、頼もしくなってきたな。もうそろそろミミもいっぱしのオペレーターを名乗っても良いんじゃないだろうか？

「行き先へのナビを再設定するわよ。惑星に降下する角度に気をつけなさい」

「任せておけ」

大気と重力の存在する惑星に降下する場合は進入角度に注意しないと大変なことになるからな。まぁ、船には安全装置やシールドがついているから超光速ドライブ状態で惑星に激突、爆発四散！とか大気との摩擦で流れ星に！　なんてことにはならないけど。

それでも惑星上では船の挙動も変わるし、いざ戦闘となると重力や大気――つまり空気抵抗の影響が思いの外大きかったりする。宇宙空間と同じ感覚で船を操作すると地面に激突とか、急な失速とか結構危ないんだよな。

暫く（しばら）ナビゲーションに従って船を走らせると、次第に一つの青い惑星が近づいてきた。惑星の殆（ほとん）どが海面に覆われた海洋型惑星、シエラ星系第三惑星のシエラⅢだ。

「よーし、惑星に降下するぞー」

「アイアイサー。降下のサポートは私がするわね。ミミは私がサポートするのをちゃんと見てなさい」

「はいっ！」

まだ震えているクリスはそっとしておこう。

そういうわけで、追手を撃退した俺達は遂にリゾート惑星への降下を開始するのであった。

#４：海洋リゾート惑星 シエラⅢ

　さて、追手を撃退して目的のリゾート惑星、シエラⅢへの降下軌道へと向かっているわけだが。

「確か高度なセキュリティシステムで守られているんだよな、リゾート惑星って。このまま降下しても大丈夫なのか？」

「陽電子ＡＩとやらが統括している自動迎撃システムがあるとかそんな話だったよな。迂闊に近づいて撃墜とかされたら洒落にならんぞ。

「それは大丈夫よ。リゾート惑星の管理ＡＩにアクセスして、エントリー用のセキュリティコードを送信すれば防衛システムの攻撃対象から外れて防衛対象に設定されるから」

「上手く出来てるんですねぇ……」

　エルマの解説にミミが感心したように声を上げる。クリスにちらりと視線を向けてみるが、戦闘の緊張から解放されてぐったりというか、放心状態になっている。初めて戦闘を経験したミミもこんな感じだったかな？　もう少しシャンとしていたような……？　よく覚えてないな。まぁ個人差だろうか。

　そうしているうちに轟音と共に超光速ドライブ状態が解除され、目の前いっぱいに海面で覆われたシエラⅢの姿がスクリーンに映し出された。

「どういう手順で管理ＡＩにアクセスするんだ？」

「手順はコロニーに着艦する時と変わらないわよ。ミミ、通信リストを開いて。シエラⅢの管理AＩがリストの中にあるはずだから」

「はい、ええと……あ、ありました！　通信しますね」

ミミがコンソールを操作し、管理ＡＩへのアクセスを開始する。そしてエルマと話しながら何度かやり取りをすると、程なくして降下の許可が出たようだ。

「ああ、そうだ。そういえばオートドッキング機能を利用して自動降下もできたはずよ」

「そうなのか？　ならそうしようか」

オートドッキング機能を起動すると、俺達の滞在予定地にうまいこと降下できるように船の大気圏突入角度や速度などが自動で調整され始めた。これは楽ちんだな。

少しすると大気圏への突入が始まったのか、ゴゴゴゴゴ……という音と共にクリシュナが小刻みに振動し始めた。音はどんどんと大きくなり、振動もまた同様に大きくなり始める。そして、クリシュナのコックピットから見える光景が赤く染まり始めた。

「おぉ、これが大気圏突入か……シールドが赤熱化しているのか？　これは」

「私だってそんなのわかんないわよ……」

シールドに守られているクリシュナの船体は直接大気に触れているわけじゃないはずだから、大気圏に突入しても温度が上昇して赤熱化したりしないのでは……？　それともシールドと惑星の大気が何か反応してこうなるんだろうか？　うーん、よくわからん。でもまぁ、大気圏突入時のお約束的な意味で得難い体験ではあるな。

「だ、大丈夫なんでしょうか？」

「クリシュナ自体に問題はないと思うぞ。シールドが若干減衰してるけど、船体にはダメージは入ってないし」

なんてことをミミと話していると。

「……ふぁあぁぁっ⁉」

「うおっ⁉」

突然クリスが大声を上げた。な、なんだ一体⁉　視線を向けると、クリスは口元を押さえて顔を真っ赤にしている。心なしか、なんかモジモジと挙動不審なような……？

「……！　え、えーと、クリスちゃんの調子が悪そうなのでちょっと医務室に連れて行ってきます」

「……？　お、おう」

なんだかよくわからないテンションでミミがオペレーターシートを立ち、なんだか中腰でよたよたと歩くクリスを連れてコックピットから退出していく。確かになんだか調子が悪そうだったが。

「大丈夫かね？」

「問題ないわよ」

エルマは俺に目を合わせずにそう言って肩を竦めた。なんだろう？　俺だけが事情を把握できていない感が凄いんだが？

ゴウウゥウゥウゥ、というクリシュナと大気との摩擦か何かで起こる音を聞きながら考える。振動はかなり収まってきたな。しかし、ふーむ……？

あっ。

「漏らしたのか」

「……気づかないであげなさいよ」

「気づいてしまったものは仕方がない。直接指摘しない程度の良識はある」

クリスは貴族の娘とは言え、一般人だ。生身で掠りでもしたら消し炭必至レベルのレーザー砲撃がガンガン飛んでくるのを見て恐怖を感じたんだろう。クリシュナの分厚いシールドはそうそう敵のレーザー砲撃を通したりはしないが、バンバン撃たれれば怖いに違いない。文字通りの光速で飛んでくるレーザー砲撃を全て避けるのは不可能だしな。

「しかしあれだな、この世界に来て初めての惑星降下だな……胸が熱くなってくるぜ」

手元のコンソールを操作し、コックピットのメインモニター上に、クリシュナの各部に設置されている光学センサーが拾う光景を表示させる。事前情報通り、これから降下するシエラⅢは地表の殆どが海に覆われた海洋型惑星であるようだ。地表の80％以上が海に覆われているらしい。

大気や海水の成分組成などは生物の生存に適するようにテラフォーミングされているのだそうだ。惑星としては俺の知る地球よりも若干小さいようである。光学センサーが拾ってくる情景は、殆ど見渡す限りの海面だ。初降下の興奮はともかく、見ていてあまり楽しい光景ではないな。ぽつぽつと島のようなものはあるけど。

そうしているうちにミミがクリスを連れて戻ってきた。戻ってきたクリスは平静を装っているが、微かに顔が赤い。気づいていないふりをしてやろう。

「大丈夫だったか？　初めての戦闘で気分が悪くなっただろ」

「だ、大丈夫です。食堂で飲み物を頂いて落ち着きました」

「そうか。ミミ、クリスのことを見てくれてありがとうな」

「はいっ」

俺に褒められたミミは満面の笑みを浮かべる。尻尾があったらブンブン振ってそうな勢いだな。

「ミミは地上に降りるのは初めてよね？」

「はい、私はコロニー生まれのコロニー育ちなので。なんだか凄いですね。広いと言えば良いのか、雄大と言えば良いのか……センサー越しの映像でも開放感がすごいです」

「俺からしてみればこの世界――おほん。あー、コロニーのほうが珍しく感じるんだけどな」

「ヒロ様は惑星上居住地の出身なのですか？」

「ああ、まぁ、うん。そうだ。色々複雑な事情があってな」

首を傾げながら聞いてくるクリスには適当に言葉を濁しておく。危なくこの世界ではとか危険な発言をするところだった。変な連中に俺が異世界から来ましたなんて事情が漏れたら捕らえられてモルモットにされかねん。

「そうなんですか……でも、惑星上居住地出身ということは、貴族に連なる方ということですね？」

「そういうのではないかなー。そうだとしてもなんというかほら、過去は捨ててきたみたいな？」

「そう、ですか」

クリスが何故か残念そうな表情をする。どういう意味の反応なんだろうか、それは。

「そう言えば、向かっているリゾート施設ってどんなところなんだ？　結局任せっきりで細かい部分を把握していないんだが」

「そういえばそうでしたね。到着まで時間があるみたいなので、私が説明します」

「頼む」

「任せてください」

ミミがそう言ってコックピット上にこれから向かうリゾート地の航空写真のようなものを表示した。縮尺からすると、べらぼうに広い島というわけではなさそうだ。多分島の端から端まで徒歩で突っ切っても一時間はかからないだろう。

「意外と小さいな？」

「はい、家族用の施設なので。でも、私達だけで貸し切りですよ？」

「マジで。この島まるごと？」

「はい」

「そう考えると結構な広さじゃない？」

「確かに」

確か俺達の滞在費は二週間で四人合わせて56万エネル。一人あたりで換算すると14万エネル、つまり一日あたり一人1万エネルだ。日本円換算で100万円相当というわけだが……上げ膳据え膳の豪華な食事付きでと考えればむしろ安いんじゃないだろうか？

「主な施設としてはまずは私達の宿泊先となる浜辺のロッジですね。すぐ前に広がる砂浜では勿論海水浴なども楽しめるそうです。他にはテニスコートやトレーニングジムなどのスポーツレクリエーション施設や、私達のためだけのショッピングモールもあるそうです。島内の自然を全身で感じることのできるハイキングコースもあるみたいですね」

「ショッピングモール」

たった一家族のためだけに買い物を楽しめる商業施設まで設置されてるとかすげぇな。採算なんて取れないだろうに。流石はＳＦ世界の富裕層向けレジャー施設といったところだな。

「はい、ショッピングモールです。服とか色々買えるみたいですよ」

「へー、良いわね。たまにはお洒落でもしたら？」

「俺にお洒落のセンスは無いぞ」

「よろしければ私がヒロ様を完璧にコーディネートします」

「あっ、私もやりたいです！」

「面白そうね」

これは着せかえ人形にされる未来が見えるな……まぁ、その時はその時か。余程変な格好でもない限り粛々と受け容れるとしよう。こういう時に女性に逆らうのは得策ではない。

「おおっと、そろそろ着くみたいだぞ。多分大丈夫だと思うが、一応衝撃に備えろ」

クリシュナの高度が少しずつ下がり始め、前方にさきほどミミがコックピットの画面上に表示したのと同じ島が見えてくる。島の一部が湾になっていて、湾内は非常に波が穏やかみたいだな。海も透明度が高いし、白い砂浜が目に眩しい。典型的な南国のリゾート地って感じだ。

砂浜にほど近い場所に俺達の宿泊先であるロッジが見える。その横にはデカいヘリポートのようなものがあるな。あれが船の発着場だろうか？　島の中心部方面にはゴルフ場のようなものやテニスコートのようなもの、それに他の建物も見えるな。あれが例のショッピングモールか？

「クリスちゃんが滞在したのもこういう感じのところだったんですか？」

「はい、そうですね。もう少し広い島でしたけど」

流石は貴族。この島よりも豪華な島を貸し切っていたらしい。

クリシュナは順調に自動運転で発着場へと降下し、着陸した。ズン、と着陸時の振動が船全体を僅かに揺らす。うーん、オートドッキング機能は凄いな。重力下でも余裕のソフトランディングだ。

「とうちゃーく。流石にちょっと疲れたな」

なんだかんだでクリシュナの船体に傷をつけることなく追手の襲撃を切り抜けることができたが、装備も練度も宙賊とは比べ物にならないレベルだった。最初から殺す気でかかってきていて本当に厄介だったな。あれなら奇襲で混乱している連邦軍を相手にした時のほうが楽だったかもしれん。

「お疲れ様。あれだけの戦力相手に立ち回ったんだから当然ね」

「お疲れ様でした。今日はゆっくりと休んでくださいね」

「守ってくださってありがとうございました、ヒロ様」

エルマとミミ、そしてクリスが口々に俺を労ってくれる。ははは、我ながら現金だと思うが、苦労をしてもこれだけの綺麗どころに揃って労われると疲れが吹き飛ぶ気がするな。報酬系がビンビン刺激されている気がする。

「あんまり褒められるとニヤついてしまいそうだ。とりあえず降りようか。何か持っていくべきものはあるか？」

「そうねぇ……多分大丈夫だと思うけど、襲撃を警戒するなら武器とかパワーアーマーとか？」

「手荷物としては物騒すぎませんか……？」

微妙にズレているエルマの答えにミミがドン引きしている。でも、エルマの言うことも確かか……？　この島のセキュリティについて調べてみて、場合によっては実行したほうが良いかもしれないな。

まぁ、俺達の滞在場所がわかっているならわざわざ生身で俺達を襲おうとはせずに小惑星とか使って軌道爆撃でもするんじゃないかと思うが。レーザー砲でもやれるか？　でも大気中ではレーザーって減衰するらしいしな……いや、この世界のレーザー砲なら大気による減衰なんて鼻くそみたいなもんかもしれんけど。携行できるレーザーガンですら人を殺せる威力のレーザーを放てるもんな。

「ヒロ様が考え込んでしまいましたよ……？」

「冗談のつもりだったんだけど」

「冗談だったんですか？　私はてっきり本気かと……」

「この島に反応弾を撃ち込まれでもしたら、クリシュナはともかく私達は跡形もなく消し飛ぶわよ。パワーアーマーなんてあってもなくても一緒ね」

「身も蓋もねぇな」

「あまり想像したくない結末ですね……」

ミミの表情が引き攣っている。俺も多分同じような表情をしてるだろうな。クリスも顔を青くしているぞ。

とにかく何を持っていけばよいかわからないので、いつもコロニーの街中に降りる時と同じような格好で船から降りることにした。俺は小型情報端末とレーザーガンくらいのものだな。エルマも同じようなもので、ミミはタブレット型端末とかを入れたショルダーバッグ持参で。クリスは手ぶらだ。メッセージアプリとかを使えるように俺のタブレット型端末でも持たせるかね？

クリシュナのエアロックを解除し、タラップから降りる。

「んー、空気が美味(うま)い気がする。潮の香りもするな」

「やっぱり地上は開放感があるわね」

「わぁ……」

ミミは空を見上げて目をキラキラさせている。コロニー育ちのミミにとって天井も壁もない風景というのは感慨深いものなんだろう。クリスは頬(ほお)を撫(な)でる風に目を細めているようだ。両親と過ごしたバカンスの思い出に浸っているのかもしれない。

それぞれ感慨に浸っていると、ロッジのほうから何かが飛んできた。なんだあれは。ロボットか何かか？　バレーボールほどの大きさの金属製の物体だ。

謎の物体は俺達の目の前で停まり、ピカピカと何度か発光した。スキャンでもしたんだろうか？

「ようこそおいでくださいました、貴方(あなた)達を歓迎致します。私はシエラⅢの管理ＡＩ、ミロです。当惑星に滞在する皆様のお世話をさせていただきます。どうぞ、よしなに」

宙に浮かぶ謎の物体がピカピカと光りながら喋(しゃべ)った。女性の声にも男性の声にも聞こえる、不思議な声だな。こいつはこの星を管理するＡＩの端末みたいなものかな？

「よろしく、ミロ。私はエルマよ」

「えっと、私はミミです」

「クリスティーナです」

「俺はヒロだ。この船のキャプテンだな」

「はい。エルマ様、ミミ様、クリスティーナ様、そしてヒロ様ですね。よろしくお願い致します」

ミロがペコリと頭を下げるかのように上下する。芸が細かいな。

「何かご質問などがございましたらこの場で承ります。なければこのままロッジへとご案内致しますが、いかが致しましょうか？」

そう言ってミロはピカピカと光を放つのだった。

「何か船から持っていくべき手荷物はあるか？」

何か質問があれば、ということなので俺は早速ミロに質問をすることにした。

「はい。当リゾートではお客様に快適な時間をお過ごし頂けるよう各種アメニティグッズなどを取り揃えております。しかしながら、お客様の中には拘り(こだわり)の品でなければ、という方もいらっしゃいますので、そういう場合はご持参頂く他に無いと私は考えます。また、基本料金に含まれていない有料サービスをご利用になられる場合に備えて、エネルの決済機能を持った小型情報端末などはお手元に置いて頂いたほうが良いかと思います」

「なるほど。下着などの着替えは必要か？」

「はい。いいえ、下着類に関しては当方で新品をご用意させて頂いております。しかし、こちらも同様にお客様の好みなどもあるかと思いますので、必要であればお客様の手でご用意頂いたほうが良いかと思われます。しかしながら、当施設にはブティックなども併設されておりますので、そちらをご利用されるのもよろしいかと。下着や衣服だけでなく、バカンスをより快適、かつ刺激的に楽しむための水着なども各種取り揃えております」

「なるほど、わかった。俺が聞いておきたいのはこれくらいだが」

ミミ達に視線を向けると、彼女達は特に質問はなかったのか軽く首を横に振った。パンフレットとかに書いてあった内容だったのかもしれない。俺は詳しくは目を通してなかったからなぁ。

「それでは、ロッジへとご案内致します。どうぞこちらへ」

ミロが空中でくるりと反転し、ふよふよと浮いたまま道の上を動き始める。俺達はその後ろについて歩き始めた。

「わっ、わっ……ヒロ様、ヒロ様！　あんなに植物が生えてますよ！」

俺の隣に並んで歩くミミが俺の腕を引っ張りながら道端の草花やそこらに生えている木を指差し、目をキラキラとさせている。そういえば、コロニーじゃ植物なんて鉢植えに入った観葉植物的なものくらいしかないものな。ミミはこんなに沢山生い茂っているのを見るのが初めてなんだろう。

「そうだな、凄いよな。植物の生命力とかそういうものを感じさせるよな。知ってるか？　ミミ。植物の力って強くてな、地面の下の雑草がアスファルトやコンクリートなんかの舗装をぶち破って生えてきたりすることもあるんだぞ」

「それって地面を舗装したり、建物を作ったりする時に使う構造材ですよね？　すごいなぁ……」

感心した様子で周囲をキョロキョロと見回すミミに俺とエルマとクリスの生暖かい視線が注がれているのだが、ミミがそれに気づくことはないようである。初めて触れる自然というものに目を輝かせるミミは可愛いなぁ。

「到着致しました。どうぞ、ご案内致します」

ミロが球体状の身体から細長いアームを伸ばしてロッジの扉を開ける。そのまん丸ボディにそんなものが内蔵されてるのか……他にもいろいろ搭載されていそうだな。

ロッジは木製のログハウスのような見た目で、内部は非常に広々としていた。案内された扉から入ると、まず目に飛び込んでくるのは広大なリビングダイニングキッチンだ。正面には大きな木製のローテーブルが設置されており、それを囲むように柔らかそうなソファが設置されている。左を向けば大きめのキッチンスペースと、ダイニングテーブル。キッチンには自動調理器だけでなく普通のコンロやオーブンなどもあり、やろうと思えば料理もできそうである。

正面奥、ローテーブルとソファの向こうには芝生と、その先には白い砂浜と海が見える。窓際にはビーチチェアのようなものが置いてあり、あそこで日光浴をすることもできるようだ。

右手には木製の階段があり二階に続いている。階段の下に通路があり、あちらにも何か部屋があるようだ。

室内に置いてあるインテリアは全体的に南国風な感じがする。よくわからない木製の彫像とか実に南国っぽい。こう、縦長で目がギョロッとしてて笑ってるみたいなやつとか。何故か木製の弓とかも壁に飾ってある。ここはテラフォーミングされた開拓惑星だろうし、弓矢を使った歴史とか無いのでは……？

「広いし木もふんだんに使ってて豪華ねー」

「こ、これって木材ですか？　ひぇっ……」

なんかミミが怯えてる。

「私達のような惑星住みでは実感が湧きませんけれど、コロニーなどでは木材というのは希少な素材ですから」

「なるほど……」

確かにわざわざ宇宙に木材を運ぶというのはコストパフォーマンスが良くなさそうだ。それなら宇宙空間で採掘できる金属などの素材を使ったほうがまだ良さそうである。でも、これくらい進んだ世界だと簡単に培養できそうな気もするけどな。いや、木を培養するくらいなら他のもので代用したほうがよほど楽か？　木材のメリットって加工がしやすいのを除けば、ある程度管理すれば時間とともに増えるって点だものな。わざわざコストを掛けて化学的に合成するならプラスチックとかのほうがコストが安いか。

俺が考え事をしているうちに女性陣はこの大きなリビングダイニングキッチンの検分が終わったようだった。三人とも満足そうな顔をしているな。実際、設備そのものはクリシュナよりも広くて豪華だしね。何より海辺が見える大きな窓と高い天井が開放感を与えてくれる。良い物件だな。

「この島の現在時刻は午前11時14分です。皆様がよろしければ正午にお食事をご用意致しますが、その時間でよろしいでしょうか？」

「俺はそれでいいぞ。皆は？」

「私もそれで良いわ」

「はい、私もその時間で大丈夫です」

「そういうことだ。正午に頼む」

「かしこまりました。では正午にご用意致します。それまでどうかごゆるりとお休みくださいませ」

そう言ってミロはふよふよと部屋の隅に設置されている台座のようなものに移動し、すっぽりと嵌って動かなくなった。呼べば対応してくれるんだろうか？

「じゃあ時間まで休憩だな。俺は飲み物でも貰ってソファで寛ぐよ」

「私もそうしようかしら」

「あのっ、私は外を歩いてきてもいいですか？」

「良いぞ。大丈夫だと思うが、気をつけてな。拾い食いとかしちゃダメだぞ」

「しませんっ！　そこまで食いしん坊じゃないですよ！」

ミミが頬を膨らませてぷんぷんと怒る。ははは、怒っても可愛いなぁ。

「クリスはどうする？」

「ええと……じゃあ、ミミさんとご一緒します」

「大丈夫か？　無理はするなよ？」

「はい、大丈夫です。ご心配なく」

そう言ってクリスが上品に微笑む。うーん、そこはかとなく漂う高貴な雰囲気。やはり育ちというのは出るものだなぁ。それに比べて見たまえよ、この駄エルフを。早速ソファに腰掛けて伸びておるぞ。気品のかけらも見当たらないぜ。

ミミとクリスを見送り、外に出ていったのを確認してからミロに声をかけてみる。

「ミロ」

「はい、キャプテン・ヒロ。何か御用でしょうか？」

部屋の隅で台座に収まっていたミロがふよふよと飛んでくる。やっぱ聞いてるのか。

「飲み物が欲しくてな。そういったものは用意してあるのか？　それとも注文して届けてもらう感じか？」

「はい。あちらのキッチンに設置されているクーラーにスタンダードなものは用意させて頂いております。最初から入っているものに関しては当プランのサービス範囲内ですが、それ以外のものは有料での手配という形になります」

「そうか……ところで、炭酸飲料はあるか？」

「はい。いいえ、スタンダードな飲み物とは言い難いため、クーラーには用意されておりません」

俺は内心歓喜のあまり転げ回りそうになっていた。スタンダードな飲み物ではない、と言っているがミロは炭酸飲料というものの存在を知っている。つまり、これは。

「注文、できるんだな？」

「はい。ご用意することは可能です。どのようなフレーバーのものをお求めでしょうか？」

「黒くて、甘くて、喉越し爽快なコーラだ。俺はコーラが飲みたい。浴びるように飲みたい。なんならキッチンのクーラーの中身を全てコーラで埋め尽くしたい。それくらいコーラが飲みたいんだ。わかるな？　俺にコーラを寄越すんだ」

「はい。リクエストを受け付けました。受け付けましたのでどうかユニット006から手を放してください」

いつの間にか空中のミロを両手で掴んで言い聞かせていた。危ない危ない、我を失っていたな。

それもこれも炭酸飲料を長い間飲んでいないせいだ。

「発注量はどう致しましょうか？　１５００ｍｌ入りのものと、５００ｍｌ入りのものがありますが」

「５００ｍｌ入りのものをとりあえず二十本」

「承知致しました。到着まで少々お時間を頂きます。決済は――」

「これで」

俺が小型情報端末をミロに向けると、ミロがピカピカと発光し、ピコーンと音が鳴った。決済音可愛いな。

「くくっ、ふふふ……楽しみすぎてどうにかなりそうだぜ」

「そんなに……？　あんたの言う炭酸飲料とやらの実在を疑ってたんだけど、ミロが知ってるってことは本当にあるものなのね」

「そりゃそうだとも！　コーラは不滅だ！　ポストアポカリプスの世界でもしぶとく残るさ！」

ただし飲むと青白く小便が光ったりする。

「ついていけないテンションなんだけど……まぁ、楽しみにしてるわ。私にも飲ませてくれるんでしょ？」

「勿論（もちろん）だ。そしてエルマもコーラの魅力に取（と）り憑（つ）かれるが良いさ」

「なんかそう聞くと怖いんだけど……？」

微妙な表情をするエルマをスルーして俺はウキウキ気分でコーラの到着を待つことにした。早く、早く来い……そして俺を満足させろ……ッ！

☆★☆

「あ、あの……なんでヒロ様の目が死んでるんですか……？」

「私もよくわからないわ。ミロに発注した飲み物が届くなり嬉々として一口飲んだ後『アンニンドーフのような風味……僅かな湿布臭……ド◯ぺだコレ！』って叫んでからはずっとこんな感じよ」

ヒロです。コーラだと思って喜び勇んで飲んだものがドク◯だったとです。

いや、待ち望んでいた炭酸飲料には違いはないけどね？　なんというかこう、期待してただけにガッカリ感がね？

ちなみに俺はコーラはコ◯派だ。ペ◯シも悪くないと思うが◯カの方が好きだ。

「あまり見たことのない飲み物ですね……」

クリスが炭酸飲料の入った箱を眺めて呟く。そんなにマイナーなのか……いやマイナーだろうけれども。それはわかっていたけれども。ミロに聞くまで誰も知らなかったし。

「飲んでみるか……？　ちょっと好みの分かれる風味だが」

「良いのですか？」

「良いぞ。新しいのを開けようか」

「あ、いえ、飲みきれないかもしれないですし……」

そう言ってクリスは俺の持っているボトルにチラリと視線を向けてきた。ええ……俺は別に良いけどさぁ。

「貴族の子女としては良いのかね、それは」

「細かいことを気にしてはいけませんよ」

そう言ってクリスがニコリと微笑むので、俺は炭酸飲料のボトルをそのままクリスに渡した。

「良いか？　シュワッとして刺激が強いから少しずつ飲めよ。場合によっては咽せたりするから」

「わかりました……んんっ⁉」

ドク◯——この世界での商品名はミスターペパロニだからミスペか。ミスペを口に含んだクリスが驚いて目をまん丸くさせている。炭酸は初体験だったか。

「甘くて……口の中がしゅわしゅわします。でもこの香りはどこか薬品を彷彿とさせるような？」

「俺の知る限りでは、この手の飲料の歴史は古い。元々は各種の薬草を調合したハーブ飲料だったとかって話だな。でも、薬草を調合しただけだと飲みにくいから甘いシロップなんかを加えて、そのうちにこのシュワシュワッとなる炭酸を添加してこれみたいな清涼飲料になったらしい」

この世界ではどうか知らんが、地球では概ねこういう流れでできた飲料だったはずだ。

「ミロ」

「はい。いかが致しましたか？」

「これと同じような……いや、同じでなくていいから、在庫のある炭酸飲料を一本ずつ注文する。ノンアルコールのものでな」

「承知致しました。そちらの条件ですと、他に四種類用意してございます」

「じゃあそれを各種一本ずつ。気に入ったら追加で注文する」

「承りました」

ふとクリスのほうを見ると、ミミにミスペのボトルを渡していた。ミミもまた同じくミスペを飲んで目をまん丸くしている。可愛いなぁ、こいつら。でも君達、回し飲みはちょいとばかりお行儀が悪くないかね？

「不思議な飲み物ですね」

「なんでしゅわしゅわするんですか？」

ミミが興味津々といった様子で俺に視線を向けてくる。そんなミミに俺は記憶を掘り起こしながら解説をした。

「二酸化炭素が添加されて炭酸飽和を起こすとそうなるんだ。どうにも宇宙空間とは相性が悪いようで、惑星上でしか取り扱われていないらしい」

「じゃあ、このしゅわしゅわしているのは二酸化炭素なんですか？」

「そうだな」

「なるほど……それは確かに軌道上コロニーとは相性が悪そうですね。これ、容器の中は高圧ですよね？」

「そうだな、高圧だな。蓋をした状態で振ったりしてから開封すると中身が噴き出したりもするぞ」

俺の返答にクリスが納得したように頷く。やっぱ炭酸飲料は軌道上コロニーや宇宙船でも飲むのが難しいのか……重力と気圧がちゃんとしていればなんとかなりそうなものだが。

いや、宇宙進出初期時代は人工重力発生装置とかが無かったのかもしれん。やはり開発されるまでに廃れて埋もれていったのか……惑星上居住地では流通し続けたんじゃないかと思うんだが。それとも何か炭酸飲料が一気に廃れる事件でもあったのだろうか？　不自然なくらい流通してないし、知ってる人が少ないんだよな……謎だ。

「その奇妙な飲み物についてはもう良いわよ。それより昼食の後はどうする？　私としてはブティックとやらに行ってみたいんだけど」

「お？　いつも傭兵スタイルのエルマがおめかししてくれるのか？」

炭酸飲料を奇妙な飲み物呼ばわりするのは引っかかるが、いつも同じような傭兵スタイルで過ごしているエルマが普通の服を着るというのには興味が湧く。ミミは俺が買い与えたおとなしめのクラシカルロリータを着たり、自分で買ってきた割りかしパンキッシュな感じの普段着を着たりすることはあるんだけど、エルマはいっつも同じような格好なんだよな。別に金がないわけじゃないはずだし、恐らく趣味の問題なんだろうと思っていたが。

「おめかしってあのね……私だってＴＰＯを弁えた格好くらいするわよ」

「もっとＴＰＯ弁えて。船の中でのんびりする時くらいもっとラフというか傭兵っぽくない格好して。どうぞ」

「いやあのね……あんたがそう言うなら考えておくけれど」

ちょっと不機嫌そうに眉根を寄せながらも顔が赤い辺り、まんざらでもないようだな。良いぞ、是非もっといろいろな格好をしてくれ。

「ついでと言ったらなんだが、クリスの着る服やその他必要なものなんかも見繕ってくると良い。俺の口座から払っていいぞ」

「そ、そんなことをしていただくわけには」

「いや、必要だろう」

「必要ね」

「必要ですよね」

俺達全員に口々に必要だと言われてしまったクリスが黙り込む。

「大丈夫だ、その分クリスのお祖父さんからたんまりと頂くからな」

「そ、それはそれでちょっと……」

「気にするな。色々とストレスも溜まってるだろう？　難しいかもしれないけど羽目を外すと良い」

意外と普通に見えるが、クリスは両親を失った直後なのだ。船で過ごした二日間はまだ気が張っていたかもしれないが、ここで二週間過ごすうちに絶対にどこかで張り詰めた緊張の糸が切れる瞬間が来る。

溜まったストレスを今のうちに少しでも解消しておけばクリスの負担が少なくなる……といいなと俺は思っている。ぶっちゃけ、俺にできることなんてこれくらいしかないのだよな。俺とクリスとでは立場も生い立ちも何もかも違いすぎるから、寄り添ってやるのは無理だ。両親を失って酷い目に遭った、という意味ではミミのほうがまだ彼女に寄り添える存在だろう。

「ミロ」

「はい。キャプテン・ヒロ」

「海で泳ぐことはできるんだよな？」

「はい。当惑星の海水は海水浴に適した成分に調整されています。海中にはレスキューボットも待機しており、不測の事故が起こった際にも迅速な救助を行うことが可能です。また、当施設には高度な医療施設も併設されているため、危険は最小限と考えて頂いてよろしいでしょう」

「なるほど。俺も流石に水着は無いから、ブティックで買わなきゃならんな。フィッシングなんかも楽しめるのか?」

「はい。当惑星の海洋にはフィッシングに適した生命体が多数放流されており、この惑星独自の生態系を形成しています。当施設にもフィッシングに適したポイントが多数ありますので、ご用命とあらばご案内させて頂きます」

「それは何よりだ。色々とレジャーを楽しめそうだな」

ふと視線を感じてミミ達に視線を向けると、何故かポカンとした様子で俺を見ていた。何だよ?

「あんたは……ほんとに」

「な、なんだか慣れた様子でしたね?」

エルマは俺の迂闊さを咎めるような視線を、ミミは何故か憧れの視線を向けてくる。

何故にWhy? クリスに視線を向けると、何故かクリスも感心したような様子だ。

「ヒロ様は海水浴やフィッシングに自然に慣れ親しんでいるんですね」

「そりゃそう……」

ここで気がついた。普通、コロニー住みの人間からは海で泳いだり、魚を釣ったりというような発想は出てこないのだろうと。軌道上コロニーにおいて、水というのは貴重なものだ。生命体の生存に必要不可欠な物質である水というものは厳重に管理されており、大量の水の中を泳ぐといったことは普通はできない。少なくとも、俺は今まで軌道上コロニーで水泳ができるプールなど見たことがない。

そして、海に魚がいて、それを釣るなんていうのも海に関わることがないコロニー育ちの人間には縁のない趣味であろう。惑星上居住地に住んでいる人であれば或いはフィッシングを趣味にしている人もいるのかもしれないが、そうでなければその存在すら知らないかもしれない。

「色々あるんだよ、色々。うん。惑星上居住地には宇宙ではできない遊びがたくさんあるぞ」

クリスに俺が異世界から来たことを話すわけにはいかないので、誤魔化しておく。誤魔化し方が雑でクリスのいいように解釈されてしまう可能性はあるが、異世界から来たなんていう頭の中身を疑われるような真実を告げるよりはマシだろう。

「お食事の用意が整いました。ダイニングにお越しください」

「おおっとメシだメシだ。さぁ食おう。どんな食事が出てくるか楽しみダナー」

「露骨すぎるわよ」

エルマの突っ込みを無視してダイニングへと向かい、テーブルに着く。しかし、食事の用意ができたとは言っていたが、一体どういうことだろうか？　少なくともテーブルの上には何もない。ミスペのように配達されるのだろうか？

ああ、ミスペはどうやって配達されてきたかというと、一抱えほどの大きさのドローンのようなものがロッジの前まで来て箱を置いていった。

どういうシステムなのかミロに聞いてみたのだが、この惑星の赤道直下に物資の集積基地があり、そこからマスドライバーによって物資を積載したコンテナが大気圏外に射出され、弾道飛行で配達地点の上空に到達、上空でコンテナがドローンに変形して降下してくるらしい。

なんという力任せな……と思ったのだが、地表面の殆どが海洋であるこの惑星にレールやトンネルを用いた物資輸送システムを構築するのはコストがかかりすぎるし、海上や海中を輸送するのは時間がかかりすぎる。

当初はドローンによる空輸を考えたのだが、そうするのならば速度や航行距離の関係で物資の集積所を複数作る必要がある。それだけ提供できるリゾート地が減るわけだ。

そういうわけで考え出されたのがマスドライバー方式。発注された物資を積み込んだドローンコンテナを赤道直下に設置されたマスドライバーで発射し、弾道飛行で素早く目的地に商品をお届けする。帰りはコンテナドローンが恒星光をエネルギー源として自力でゆっくりとマスドライバー基地に帰還するらしい。

俺の感覚だと荒唐無稽なトンデモアイデアにしか思えないのだが、少なくともこの惑星ではそれで上手く回っているのだそうだ。科学の力ってすげー。

そんなことを考えていると、扉が開いて何者かがロッジへと入ってきた。

メイドさんである。耳のあたりに機械的なパーツの付いたメイドさんである。メイドロボである。

まさか、実用化されているのか……!? それも一人ではない。合計五名ものメイドさんがワゴンを押してロッジに入ってきた。全員寸分違わず同じ顔に見える。

「本日のランチをお持ち致しました」

メイドロボ達がお辞儀をしてテキパキと料理の配膳を始める。その手際は見事で、動きに機械的な『硬さ』などは見当たらない。すげぇなメイドロボ。俺も一台欲しい。

「あれは俺も一台欲しいって顔よ」

「ヒロ様！　メイドロイドなんて買わなくても私がお世話しますよ！」

エルマが俺の思考を的確に当て、何故かミミが椅子を鳴らして立ち上がり、鼻息を荒くしている。

メイドロボじゃなくてメイドロイドって言うのか。

「メイドロボは男のロマンだぞ？」

「申し訳ありませんが、ユニットＳ‐０４８は非売品です。あと、本機はロボットではなくアンドロイドです」

メイドロボ改めメイドロイドに振られた。なんということだ。

「しかしながら同型のモデルはオリエント・インダストリーでお買い求め頂くことが可能です。よろしければお客様の小型情報端末にカタログをお送り致しますが」

「是非頼む」

「ヒロ様っ！」

ははは、見るくらいは良いじゃないか。流石に買おうとまでは思わないよ、多分。ご機嫌斜めなミミはメイドロイドに何か嫌な思い出でもあるのだろうか？　あとで聞いてみるとしよう。

さぁ、今はメイドロイドのことは横に置いておいて、食事の時間だ。

☆★☆

運ばれてきた食事はまさに海の幸を前面に出してきた内容だった。

茹(ゆ)でられて縦に真っ二つにされている四本ハサミのロブスターのようなもの、貝の剥き身(すみ)の串焼(くしや)

きのようなもの、でかい鯛のような姿焼き、刺し身らしきモノの盛り合わせ、シーフードピラフのようなもの、フルーツの盛り合わせ、海藻のサラダ……実に種類が多い。俺はどれも美味しく頂けそうだが。

「……」

ミミが料理を見て固まっている。特に真っ二つにされたロブスターっぽいのと魚の姿焼きがショッキングらしい。

「ヒ、ヒロ様これ……」

青い顔でそれらを指差しながらミミが俺に視線を向けてくる。

「美味そうな魚介類だよな」

「⁉」

俺の反応にミミは「裏切られた⁉」とでも言いたげな表情をしてみせた。うん、すまない。地球出身の俺としてはこれらの料理に違和感は全く無いんだよ。ミミは例の培養肉工場で見た肉色の触手めいた生物以外にこういう食用の生命体を見たことがないんだろうな。この世界の人々はよほどの上流階級でもない限り基本的にフードカートリッジから創られる合成食品を食べて生活しているようだし。

エルマとクリスに視線を向けてみると、ミミほどには動揺していない……というか全く動揺していない。クリスは身分や居住地から理由が推測できるが、エルマはどうだろうな。傭兵としてそれなりに長く生活してるからこれくらいは体験したことがあるのか、それとも……どうでもいいか。子供じゃないんだし、話す必要があれば本人が話すだろう。

「各自で自由に皿にとって食べるのか？　これは」

「はい。よろしければ私どもがお取り分け致します」

「そうしてくれ。そのロブスターっぽいのはともかく魚は上手に取り分けないと汚くなるし、小骨とかもあるからな」

「承知致しました」

　俺の言葉を受けてメイドロイドのうちの一体がフォークとナイフを使って大きな鯛っぽい魚の姿焼きを皿に取り分け始める。他のメイドロイド達も料理を皿に取り分け、給仕をし始めた。

「それじゃ、頂こうか。とりあえずの安全に乾杯」

　全員に料理が行き渡ったところで飲み物の入ったグラスを掲げ、一口飲む。ノンアルコールで、と頼んでいたのでグラスの中身は葡萄(ぶどう)のジュースのようだった。

　早速ロブスターっぽいものの身から手を付けることにする。ほぐされた身には茶色っぽいソースのような物がかけられていた。用意されていたフォークの上に載せ、口に運ぶ。

「んー……！」

　思わず声が出るくらいに美味(うま)い。思ったよりも弾力のある噛(か)みごたえだ。プリプリというよりブリブリだな、これは。それに、絡められたソースが濃厚な味わいである。これはきっと頭部のミソを使ったソースだろう。甘みと歯ごたえのある身に非常によく合う。

　次は鯛のような大きな魚の姿焼きだ。取り分けられた身を口に運ぶ。味付けはシンプルに塩だけのようだが、美味い。程良い塩味と旨味(うまみ)が口の中に広がる。

「こちらを少量ふりかけるのもおすすめでございます」

「ほう……うむ」

俺の側に付いているメイドロイドのアドバイス通りに勧められた調味料と思しき液体をかけてから魚の身を口に運ぶと、鮮烈で爽やかな香りが鼻孔を突き抜けていった。

これはすだちか何かを搾ったものだな？　柑橘系の爽やかな香りが僅かに残っていた魚臭さを打ち消し、酸味がシンプルだった味を立体的に引き立てる。他の料理も実に美味だった。

最初は面食らっていたミミも、一口食べた後には料理の味に夢中になってしまったようで、目をキラキラさせながら一口一口を味わって食事をしているようだった。うん、結構なことだ。見た目に惑わされてしまうのは愚かだよな。俺もミミもあのフェ◯スハガーじみた謎生物を食べた時にそう学んだのだ。

しかし、俺としては思ったより意外性が無くてびっくりだったな。もっとこう、見たことも聞いたこともないような見た目のヤバい生物が出てくるんじゃないかと内心戦々恐々としていたのだが。

「この食事はどこで誰が作っているんだ？」

「はい。こちらは赤道直下の物資集積基地で専用の調理マシンが調理後、パッケージングされてマスドライバー便で発送、こちらで我々メイドロイドが受け取り、提供させて頂いております」

「なるほど、食材の収穫から調理、輸送、提供まで全てオートメーション化されているのか……コスト面でどうなんだ？　効率的とは言い難いような気が……現地に調理施設を作ってこのメイドロイド達に料理させたほうが良いんじゃないだろうか。

考えても詮無きことか。そうだな。

俺は難しいことを考えるのはやめて料理に舌鼓を打つことにした。貝の串焼きうめぇ。

#5：バカンスの始まり

食事を終え、少しの間食休みをした俺達はブティックなどが店を構えるショッピングエリアへと移動した。

「こぢんまりとしてるんだな」

ショッピングモール、とミミは言っていたが実際にはさほど大きくない商店のようなものがいくつか並んでいるだけだった。もっとこう、お洒落でゴージャスな感じの店が立ち並んでいるのかと思ったのだが。

「ここのシステム的に在庫は置いてないいんじゃない？　デジタルで試着して発注した商品を例のシステムで飛ばしてくるんでしょ」

「なるほどなぁ。徹底してる」

手近な店に入ると、どうやらここがブティックであったようだ。ここにもミロの端末らしき球体ドローンが設置されており、展示用の服を着せられた数体のマネキンとホログラムディスプレイが設置されている。

いや、あれはマネキンじゃなくてホログラムか？　定期的にポーズが変わり、同様に着ている服も切り替わっているな。

「いらっしゃいませ。様々なメーカーのデザインを取り揃えております」

「デザイン……？」

「はい。様々なメーカーやデザイナーから提供されたデザインテンプレートを取り扱っております。ご注文頂ければ三十分でロッジにお届けできます」

「……つまり、注文を受けてからユーザーの身体に合わせて服を作ってロッジに飛ばしてくるのか」

「はい。その通りでございます」

なんというか言葉もないな。このリゾート惑星の設計者はマスドライバー輸送に並々ならぬ拘りでも持っているのだろうか？　本当に効率的なのか？

「どうでも良いじゃない……さ、クリスの服を選びましょう？」

「そうですね。でも、試着とかはできませんよね？」

「はい。あちらで一度全身スキャンを受けてください。スキャンデータを基にホログラム上で試着して頂くようになっております」

「そうなんですか。じゃあ皆でスキャンしちゃいましょう！」

「ふふ、そんなに押さなくても行きますよ」

キャッキャウフフしながら女性陣が奥にあるスキャン装置へと歩いていく。

「メンズは？」

「向かいの店舗となっております」

「行ってくるわ」

「はい」

この場は女性陣に任せて俺は一人で男性用の衣服を取り扱っているブティックへと向かった。店に入り、そのまま奥のスキャン装置へと移動して全身スキャンを実施する。

「まずは水着だな」

「はい。こちらなどは如何(いかが)でしょうか？」

スキャンを終えると、ミロの端末がふよふよと近づいてきて俺にとある水着をオススメしてきた。

「いや、こんなブーメランパンツ穿(は)かねぇから。普通ので良いんだ、普通ので」

「そうですか。三人も女性を連れていらっしゃるのでこういう趣味かと推測したのですが。推測傾向を補正しておきます」

「要らん気遣いだな!?」

ホログラムディスプレイにタッチして男性用水着のカテゴリから良さそうなものを探す。サーフパンツで良いだろう。色とか柄はどうするかな。派手すぎなけりゃ何でも良いか。適当に選んでおこう。男の水着なんてどうでも良いよな。

「ご注文は以上ですか？」

「そうだな。別に服には困ってないし」

いつも同じような傭兵(ようへい)風の格好をしている俺だが、同じような服のストックがクリシュナに何着もあるので、別に必要とは思わないんだよな。ジャケットを脱げばそれなりにラフな格好になるし、生地が丈夫なのか何度洗ってもまったくヨレる気配がない。ああ、下着やシャツは新しいのを買っておいてもいいか。ここで過ごすならアロハシャツでも買っておくかね？

「それじゃあ下着とシャツと……」

と選び始めたところで何故か女性陣がこちらの男性用ブティックに突入してきた。

「えっ？　ど、どうした？」

唐突な突入に俺、困惑。困惑する俺を見てエルマがにんまりと笑みを浮かべる。

「あんたを着せ替え人形にして遊ぼうと思って」

「ああ、そんなこと言ってたな……俺なんか着せ替え人形にしても楽しくないだろうに」

まぁ、抵抗はするだけ無駄だろう。俺は全てを諦めて受け容れることにした。

「きっと楽しいです！　すごく、すごくたのしいです！」

「私も楽しみです」

「お、おう。そうか」

滅茶苦茶興奮して鼻息の荒いミミとにこやかな笑みを浮かべるクリスに思わず一歩退く。ミミの勢いもそうだが、なんだかクリスの笑みも迫力が……なんだ、このプレッシャーは⁉

「ホ、ホログラムで遊ぶのは構わないが、俺が着るかどうかは別の話だからな？」

俺の中の何かが予防線を張っておけと訴えてくるのでそれに従っておく。こうしておかないと何かとんでもないことになりそうな気がする。

「ええ？　それは無いわよ。ちゃんと着てもらうわ」

「ヒロ様。私もヒロ様に服をプレゼントしたいです」

「私も命を救って頂いたお礼をしたいです。費用はお祖父様につけて頂いて構いませんから。必要になるものですし」

エルマとミミはともかく、クリス。お前はそれで良いのか。怒られても知らんぞ。というか必要になるって何？　どういうこと？　ちょっと怖いんだけど。

「わ、わかった……一人一着だけな？」

「それは上から下まで一揃え、ということで良いですよね？」

「お、おう」

クリスは一体何を用意するつもりなんだ。三人が別々のホログラムディスプレイを使って俺の着せ替えを始めた。エルマは……傾向がわからんな。色々試しているようだ。

ミミはアレだな、結構パンキッシュな格好が好きだよな、君。こう、ベルトと鋲とチラリズムというか、素肌を出していくスタイルというか。おいおいおいおい、そのドクロが描かれたシャツをどうしようっていうんだ？

クリスのコーディネートは……あー、なんだろう。貴族っぽい？　こう、シャツ、ベスト、ズボン、ネクタイにフロックコートみたいな。とてもフォーマルな感じだな。まぁ随所にＳＦっぽいアレンジはかかってるけど。

俺は自分の買い物を済ませてそっとこの場を後にすることにした。このまま見ていたら思わず口を出してしまいそうだし、そうなると女性陣に怒られてしまうような気がしたからだ。こういう勘はよく当たるんだ。心を穏やかに保って沙汰を待つとしよう。

そうだ、オリエント・インダストリーのカタログとやらを見てみようじゃないか。手近な木製のベンチに腰掛け、小型情報端末を取り出してミロから送られてきたカタログに目を通し始める。

「意外と安い……のか？」

ロッジに現れたメイドロイドの同型機の価格は一体あたり７５０００エネルとなっていた。日本円換算で７５０万円。ちょっと高級な車くらいの価格と考えれば妥当なのか……？　いや、まぁ戦闘艦や戦闘艦用の装備と比べるのが間違いか。

ええとなになに？　スペック的にはだいたい人間以上の身体能力を持っている、か。戦闘用のプログラムを導入すれば護衛も可能と。基本プログラムは奉仕プログラムのみで、護衛・戦闘プログラムや秘書・オペレータープログラムはオプションか。

身体つきや顔なんかはある程度カスタマイズ可能、と。ただ、あまり小さくすることはできないらしい。まぁ、小型化するにも限界があるだろうな。オプションでハイスペック化することも可能で、その項目は多岐にわたる、と。人工筋肉や骨格を強化して戦闘メイドにすることも可能だし、小型陽電子頭脳を搭載することでより高度な『感情』を組み込むことも可能だと書いてある。

感情を持つアンドロイドと人間の境界はどこにあるんだろうか？

そういう方向での生命倫理――これ生命倫理でいいのかね？　――とにかくそっち系の議論はこの世界だとどうなってるんだろうな。

え？　そんな小難しいことよりも致せるのかって？　ははは、なんだかそっち系のカスタマイズがめっちゃ充実してるぞ。おっぱいの大きさどころかあっちのほうまで色々リクエストできるみたいです、ええ。あと性格付けもオプションが多い。アブノーマルな内容も多い。業が深すぎる……！

いやぁ、見てて楽しいなぁ。今のところ買う気はないけど。

何故かってこのカタログを見る限り、メイドロイドの用途はどちらかといえばこっちのほうがメインっぽいように見えるからだ。そうでないとしても今の俺の船にメイドロイドの入り込む余地は無いな。オペレーターもサブパイロットも居るし。

そう考えつつも俺はメイドロイドのカタログに隅から隅まで目を通し、好きにカスタマイズして『ぼくのかんがえたさいきょうのメイドロイド』をカタログ上で作ったりして時間を潰すのだった。

必要は無いと思うけど、それはそれとしてこういうのを見たら止められないやん？

俺だって男の子だもの。

「……うむ」

小型情報端末に表示される『ぼくのかんがえたさいきょうのメイドロイド』を見て頷く。これでもかと自分の好みを詰め込んでみた逸品だ。

背は高めで、俺と同じくらい。髪の毛の色は色々選べたのだが、見慣れた色が良いだろうということで黒にした。長さは腰まであるサラサラのストレートロング。清楚な黒髪ストレートロングは男の夢ですよね。手入れは絶対大変だろうけど。

おっぱいの大きさはそこそこ大きめ。エルマ以上ミミ以下な感じに。全体的に肉付きはよく、むっちりめに。衣装はヴィクトリアンな感じのメイド服。フレンチな感じなのも悪くないが、黒髪ロングメイドにはヴィクトリアンスタイルが似合うだろう。

顔の造形は難しい。俺に３Ｄモデリングなどできるはずもないので、プリセットの中から大まかな方向性を決めていき、更に無数にあるサンプルパーツを組み合わせて好みの顔を作っていく。これは迷った。母性溢れる感じにするか、クールな感じにするか……悩んだ末にクールな感じにした。

性格付けにも悩んだ。好きに作れるからこそ悩んだ。そして折角のメイドロボなのに、感情豊かにしすぎてメイドロボという希少価値を潰して良いものだろうか？　という考えに至った。無感情な感じというのがメイドロボキャラのアイデンティティなのではないか、と。

感情豊かなメイドロボキャラというのも世の中には沢山いるだろう。俺も何人か思いつく。しかし、そういったキャラクターに魅力が生まれるのは、無感情でクールなメイドロボらしいメイドロボキャラがいてこそのものではないだろうか。対比とギャップがあってこそ感情豊かなメイドロボというキャラが光るのだ。異論は大いに認める。

そういうわけで、感情値という項目は最低ラインに近い値に設定した。愛情値や忠誠値というパラメーターもあったのだが、こちらは高くしておいた。これは文字通り、主人に対する親愛や忠誠の高さを示す値であるらしい。クーデレって良いよな。後は良い感じの眼鏡を追加しておこう。

それから本体の性能だが、こちらはひたすらハイスペックにしてみた。小型陽電子頭脳に最大容量の記憶デバイス、金属骨格は軽く、強靭な戦闘艦の装甲材にも使われる特殊合金製、人工筋肉は耐久力と出力に優れる特殊金属繊維。この人工筋肉は全身を覆っているため、本体の中枢機関を守る装甲としても機能する。

プログラムは用意されているものは大体突っ込んだ。基本の奉仕プログラムに加えて護衛・戦闘プログラムや秘書・オペレータープログラム、その他諸々もだ。まさに万能メイドだな。なんでも「メイドですから」で済ませてしまう強キャラって俺好きだよ。

流石に武器の内蔵はできないので、いざ戦闘となると適切な武器を装備させる必要があるが、適切な武器を装備させた場合の戦闘能力はパワーアーマーを装着した歩兵を凌駕するだろう。パワーアーマーを着た俺より強いかもしれん。

こうして黒髪ロングクーデレパーフェクトメイドロイドが爆誕したのであった。データ上は。

流石に発注はしないよ。だってこれ、オプションを盛りに盛りまくって合計金額が47万エネルになってるんだぜ。流石にオモチャとしては高価すぎるし、メイドロイドにかまけているヒマなんてないからな。買うつもりは無いぞ。無いったら無い。

「素晴らしいですね。メイドロイドのアーキテクトとして働けるのでは？」

「うおぉ⁉」

出来上がった黒髪ロングクーデレパーフェクトメイドロイドのデータを眺めてニヤニヤしていると、後ろから突然声をかけられて本気でびっくりした。誰かと思えば、球体端末のミロが木のベンチの後ろにふよふよと浮いてピカピカと盛んに発光しているではないか。おい貴様、何をしている。その発光はなんだ。まるで盛んに通信をしているネットワーク機器か何かに見えてくるんだが？

「そのピカピカ光るのをやめろ」

「これは申し訳ありません。少し通信をしていたもので」

「何をするつもりだ。このタイミングでの通信とか嫌な予感しかしないぞ」

「そのアプリケーションの注意事項、同意事項には勿論目を通して頂けたと思います。ユーザーの作成したデータは随時そのアプリケーション提供者よって収集されます。そして収集されたデータは提携企業と共有され、提携企業はそのデータを利用することが許されています」

「適当に同意を押してしまった！」

アプリケーション利用時には注意事項や同意事項にしっかりと目を通そうね！

「とは言っても本当に何をするつもりだ？　いくらなんでもこのハイスペックなメイドロイドを作るだけの資材は用意してないだろう」

絶対に無いとは言い切れないが、流石に無いだろう。無いよな？　我ながら希望的観測だなぁ！

ここの物資輸送システムとか品揃え……というか製造システムの徹底ぶりを考えると絶対に無いとは本当に言い切れないなぁ！　ワンチャンあるなぁ⁉

「それ以前にもし作ったとしても俺が買うとは限らないし、他の人に売れるとも限らない。そんな不確かな状況で製造することも無いだろうし、まさか作ったから買えと押し売りすることも無いだろう？　無いよな？」

「勿論です。この機体は試作としても作るにはコストが高すぎますので」

「そうだよな」

「しかし外観に関しては当施設の生産施設で製造可能ですし、陽電子頭脳については私の演算領域の一部を割り当てれば擬似的に搭載したのと同じ状態を再現できます」

「おいやめろ馬鹿」

「データ収集にもなりますし、最終的にキャプテン・ヒロがフルスペック品を購入してくだされば当方としても喜ばしいので。その際にはデータ収集中に蓄積したデータも移行できますよ」

「なんでそんなに俺にメイドロイドを売りつけようとするんだよ！」

「営業ノルマがありますので」

「急に世知辛いことを言い始めた⁉」

「キャプテン・ヒロは理想のメイドロイドを手に入れられる。企業は儲かる。そして私は営業ノルマを達成してボーナスを貰える。素晴らしいＷｉｎ‐Ｗｉｎ‐Ｗｉｎな関係ではありませんか？」

ミロの球形端末がピカピカと光る。あーあー聞こえなーい。というか陽電子頭脳が貰えるボーナスって一体何なんですかね？

「それに、私の存在意義はお客様のニーズに応えることですから」

「そのつもりがあるならやめておけよ」

「そんなことを言っても本心では少しワクワクしているでしょう？」

「ぐっ」

実際のスペックはともかくとして、俺がアプリ上で作ったメイドロイドが実際に目の前に現れたらそりゃ……そりゃワクワクするに決まっているじゃないか。ああするとも。男の子だからな！

「では、そういうことで」

一方的にそう言ってミロの球形端末はピューッとどこかに飛んでいってしまった。いっそ撃ち落としたほうが良かっただろうか？　無駄な行為だな、うん。データはとっくにこの惑星を統括している管理ＡＩの本体に送信済みだろう。

うーん、エルマは何も言わないと思うが、ミミがなんだか妙にメイドロイドの導入に反対してたんだよなぁ。過去に何かあったんだろうか？　後で聞いてみるかな。感情を獲得している陽電子頭脳の扱いがどういうものなのかについてもよくわからないし。人権とかあるんだろうか？

「ヒロ様っ！」

「うぉぉ⁉」

考え込んでいたところを急に背後から声をかけられてまた驚いた。なんだ、今日は俺に後ろから声をかけて驚かすのが流行っているのか？

「ど、どうしました？」

「いや、なんでもない。ちょっとびっくりしただけだ」

逆に驚いているミミに手を振ってそう答える。驚くミミの隣ではエルマが呆れたような表情をしており、クリスはミミと同様に少し驚いた顔をしていた。

「なんで後ろから声をかけられるだけでそんなに驚いてるのよ……何か疚しいことでもある人間の反応よ、それ」

エルマがジト目で俺を睨んでくる。ははは、流石はエルマだ。大当たりだよ！　ここで誤魔化しても後で発覚するに違いないので、俺は正直に話すことにした。ミミ達をここで待っている間に例のメイドロイドのパンフレットに目を通していたこと、パンフレットからメイドロイドを仮組みするアプリに誘導されて趣味全開のメイドロイドをアプリ上で設計して遊んでいたこと、そしてミロがそのデータを使って俺に売り込みをかけようとしていること……洗いざらい全てだ。

「……」

話を進めていくうちにミミの表情がどんどん不機嫌なものになっていく。ミミのこの表情は珍しいな。エルマは……生暖かい視線を送ってきている。その目で見るのはやめろ、俺に効く。そしてクリスは別になんとも思っていないというか、ミミの不機嫌な様子が不思議なようだった。それは俺も不思議だ。

「ミミさんはなんでまたそんなに不機嫌なのかな？」

「メイドロイドはダメです」

「ダメですか」

「ダメです」

頑なミミに困惑した俺はエルマに助けを求めてみるが、彼女は肩を竦めてみせた。エルマにもわからないということだろう。そしてクリスのこの不思議そうな表情を見る限り、別にメイドロイドという存在自体が世間に受け容れられていないというわけではなさそうだ。

「なんでミミはそんなにメイドロイドを嫌うんだ？」

「別に……嫌っているわけじゃないですけど」

そういうミミの眉間には小さく皺が寄ったままである。とてもそうは思えない反応だ。

「とにかくロッジに戻りましょ。話ならロッジですればいいでしょ？」

「うん、それはそうだな」

エルマの言う通りなので俺はベンチから立ち上がり、皆と一緒にロッジに向かって歩き始めた。

ショッピングエリアを抜けると緑が多くなる。ショッピングエリアは地面全体が舗装されていて洗練された街並み、といった光景だったがこの辺りは自然を感じさせるように造られているな。一見自然に見えるが、きっと視覚的に計算しつくされたデザインなんだろう。

「それでええと、何か嫌な思い出でもあるのか？　メイドロイドに」

歩きながらそう聞くとミミは少しの間沈黙し、やがて自分の中で言葉の整理がついたのか口を開き始めた。

「スクールに通ってた頃、仲の良い子が男の子と付き合ってたんです」

「うん」

ミミが学校に通ってた頃ってことはここ数年以内の話だろうな。まぁ、学校で学生同士が恋愛をするなんてのは珍しい話ではないよな。

「とても仲の良いカップルだったんですけど、ある時から男の子のほうの付き合いが悪くなったというか……女の子への興味を失ったみたいな感じになったんですよ」

「話が見えてきたぞ」

つまり、男の子の家にメイドロイドが導入されて、その結果男の子はメイドロイドに骨抜きにされてしまったとかそういう話だろう。

「ご想像の通り、男の子の家にメイドロイドが来てて、そのメイドロイドに男の子が夢中になっちゃってって感じで……」

そこまで言って隣を歩いていたミミがチラリと俺に視線を向けてきた。つまり俺もその男の子のようになるんじゃないかとミミは考えているわけだ。そんなことにはならないと思うが。何せ俺にはミミとエルマがいるわけだし。

「多分大丈夫よ、ミミ。手は出すでしょうけど、溺れたりはしないと思うわ」

「手を出すことは確実視してるんだな」

「私とミミの両方に手を出してる実績があるじゃない」

「ご尤もです」

信頼の置ける実績である。ぐうの音も出ない。そしていきなり生々しい話が始まったせいでクリスが若干顔を赤くしている。ごめんな、教育に悪い存在で。

「なんだかんだでヒロはちゃんと私達を大事にしてくれてるじゃない。ちゃんと報酬も適正に分けてくれているし、対等なクルーとして扱ってくれているわ。ミミの気持ちも理解できなくはないけど、そこはヒロを信頼してあげなさいな」

エルマが諭すようにそう言ってミミの背中を軽く叩く。ミミはそんなエルマの言葉を聞いて押し黙ってしまった。そんなに深刻に考えなくても良いと思うよ。うん。

そして俺はというと、エルマの言葉にちょっとだけむず痒い気持ちになっていた。別に意識してなにか特別なことをしていたつもりはないが、これまでの行動がエルマにそう評価されているというのは嬉しく感じる。

「それに、いずれ私達に子供でもできたら役に立つわよ、メイドロイドは。今のうちに買っておいて信頼関係を構築しておくのもいいかもね」

「えっ」

思わず振り返ってエルマの顔を凝視する。

「ちゃんと避妊してるから大丈夫よ、今はね。でもこの先どうなるかなんてわからないでしょ？」

俺に視線を向けられたエルマはそう言って真顔で俺を見返してきた。

「お、おう。そうだよな」

帰る場所がどこかにあるっぽいエルマはともかく、ミミに関してはここまでくると色々と責任を取らなきゃいけないなぁとは考えてはいるけれどもね。いや、別にエルマに関しては責任を取らないというわけではないけどさ。

どちらにしてもその辺はほら、もう少し色々と落ち着いてから……ふふ、クズ男の思考をしていると自覚できるぞ。もう少し、もう少し猶予というかお互いにわかり合う時間が必要だと思うんだ。うん。でも何か考えておきますから許してください。

「まだ猶予というか、余裕はあるでしょうか？」

「そうねぇ、こいつの甲斐性的にあと一人か二人くらいなら？」

「頑張りますね」

エルマの言葉に色々と考えながら歩いているうちに背後でエルマとクリスの恐ろしい会話が展開されている気がする。俺は何も聞いてない。聞いてないぞ。

さぁ、ロッジに戻ろう。注文していた他の炭酸飲料もきっと届いているはずだ。いやぁ、楽しみだなぁ！

☆★☆

「……」

「ヒロ様、すごい顔になってますよ……」

ヒロです。ロッジに戻ってきて到着していた残り四種の炭酸飲料を試飲しているヒロです。一つ目に口をつけましたが、すごく甘くてシュワッとしてて、そしてミスペとは比べ物にならないほどの鼻に突き抜ける強烈な湿布臭がします。うん、これはね、元の世界でも一回だけ飲んだことがあるよ。かなりきつめのルートビアだこれ。

「美味しくないの？」

「好きな人は好きなんじゃないかな……俺はこれ、どうしてもダメなんだよな」

「と言いつつ、飲むのですね」

「一度口をつけたものを口に合わないからという理由で捨てるのは性に合わない」

アレルギー的な意味で身体に合わないとかなら話は別だけど。俺は特にアレルギーは無いのでその辺は安心だ。少なくとも自覚している限りではそういうのはない。

「あんたがそんな顔するのはちょっと興味があるわね。頂戴」

「あいよ。一本しか無いから」

「ん」

エルマが突き出してきたガラス製のショットグラスのような小さなグラスにルートビアを注ぐ。黒い液体がグラスを満たし、シュワシュワと泡が弾けた。

「……薬湯の臭いがする」

「薬湯？」

「なんでもないわ」

物凄く渋い表情をするエルマに聞き返すと、彼女はそう言って首を振り、意を決したようにショットグラスを一気に呷った。そして意外そうな顔をする。

「あら、甘くて飲みやすいわね。シュワッとしてるのも喉越しが良いわ」

「お、おう？　もっと飲むか？」

「頂戴」

そう言ってエルマはカパカパとショットグラスを空けていき、ルートビアのボトルはすぐに空になった。勿論エルマだけじゃなくて俺も飲んだぞ。苦手なものだからと全部押し付けるのは仁義にもとる。

「思ったより悪くなかったわね」

「そ、そうか」

ケロッとしているエルマに内心戦慄する。エルマはルートビアが大丈夫なヒトだったらしい。飲ませてみればミスぺも割と好きなんじゃないだろうか？

「よし、次はこいつだ」

「ヒロ様、そんなに沢山ソフトドリンクを飲んだらお腹を壊しますよ？」

「もう一本、もう一本だけだから」

用意された四本の炭酸飲料の中でコーラっぽい色をしているのは残ったこの一本だけなんだ。俺はミミにそう言ってボトルの蓋を回した。

「……」

そして漏れ出した香気が鼻孔をくすぐり、俺は全てを察した。

「ヒロ様の目が一瞬で死にました……」

完全に蓋を開け、口元にボトルの口を持ってくる。芳醇な麦の香りが俺の鼻孔を突き抜けていく。

ははは、まさかこいつがこんな場所に存在するとはなぁ……いやおかしくない？　なんでこれがここに存在するのにコーラが無いんだよ。というかド◯ぺとルートビアとメ◯コールがあってなんで普通のコーラがないんだよ！　おかしいだろうが！　なんでこんなに見事に外してくるんだよ！

無言でこの世界を呪いつつ、ペットボトルの中身を呷る。爆発的に鼻孔を突き抜けていく麦の香りが憎たらしい。なんだ、この甘い泡麦茶は。喧嘩売ってるのか？

「美味しくないのですか？」

「美味い美味くないで言えばなんとも言えないが、好き嫌いで言えば嫌いだな」

とはいえ、やはり捨てるのは俺のポリシーに反する。残りの二つは透明なものと、淡い黄金色のものだ。恐らく普通のサイダーとジンジャーエール辺りではないかと俺は思っている。どっちもコーラではないが、炭酸飲料としてはど安牌だな。

そんな感じで炭酸飲料の試飲をしていると、新たな荷物が届いた。折り畳みできそうなコンテナボックスを抱えたメイドロイドが続々とロッジに入ってくる。

「注文した服か？」

「はい。お届けに上がりました」

メイドロイド達が抱えたコンテナを俺達が寛いでいるソファの辺りまで持ってきて開封し、中身を取り出し始める。

「こちらの下着と水着はキャプテン・ヒロ様のご注文の品ですね。如何致しますか？」

「適宜そのコンテナから取り出して使いたいな。コンテナごと置いていってもらえるか？」

「承知致しました。寝室にはクローゼットもございますが」

「ああ、そうなのか。そう言えば寝室は見てなかったな。じゃあ寝室のクローゼットに入れておいてもらえるか？」

「承知致しました。二階の一番手前の部屋に運び入れておきます」

そう言ってメイドロイドはコンテナを再び抱えて階上へと去っていく。他のメイドロイド達も同じくコンテナを抱えて階段を上っていった。後に残されたのは三着の服である。

一つは甚平のような地味な服だ。しかしながら生地は上等そうだし、通気性も良さそうで着ていて楽そうな服である。

もう一つはじゃらりとしたシルバーチェーン付きの黒いレザーパンツにドクロの絵が入った黒いTシャツ、それに所々にシルバーの鋲(びょう)が打たれているレザージャケット。

そして最後の一つはシャツにネクタイ、ズボン、ベスト、そしてフロックコートというフォーマルな一式。

それぞれエルマ、ミミ、クリスが俺のためにと選んだ服だろう。それがここに残されているということは。

「着ろと?」

「折角買ったんだから着なさいよ」

「お願いします！」

「是非」

女性三人にそう言われてしまっては仕方がない。仕方がないので順番に着替えてそれぞれの格好を見せることにした。男を着せ替え人形にしても楽しいことなんて何もないだろうに。しかし期待の目で見られると着ずにはいられない雰囲気になってくる。くっ、俺は屈しないぞ！

「楽そうですね」

「着心地が良さそうです」

「うん、あんたはこういう服が好きなんじゃないかと思ったのよ」


三人の視線には勝てなかったよ……。


なんとなくだが最初は着るのが楽そうな甚平にしてみた。生地というか服の作りが通気性がよく、少しザラッとした生地の肌触りが心地よい。涼しくて非常に楽である。

「普段着というか、寝間着や部屋着に良さそうだ」

「船の外で着るもんじゃないわね」

「寛ぐ時には良さそうだな。ありがとう、エルマ」

「どういたしまして」

ある意味で実用性重視で来たな、エルマは。エルマらしいといえばエルマらしい。きぐるみパジャマとかで笑いを取りに来るんじゃないかとちょっと心配してたんだが。

次はチェーン付きの黒いレザーパンツと黒いドクロTシャツ、それにレザージャケットである。細かく言えばベルトとかもあったな。この格好は着心地としては傭兵姿とあんまり大きくは変わらない感じがする。若干心許ない感じがする程度か。

「良いですね！」

「いつもの格好と大きくは変わらないわね」

「ちょっと派手めなくらいでしょうか。シャツを変えるとまた雰囲気が変わりそうですね」

ミミは大興奮だったが、他の二人の反応は普通だった。ミミは自分の趣味に合った服を俺に着せてみたかったようだ。まぁこれはこれで悪くないな。ガンベルトもこのままつけられそうだし、今度ミミと一緒にコロニーデートする時に着るというのも良いかもしれない。

最後はクリスの用意したフォーマルな装いである。ネクタイを締めるのは久しぶりだなぁ、とか思いながらシャツを着てネクタイを結び、ズボンを穿いてベストを着込み、フロックコートに袖を通す。ちょっと暑いな。

「あら、意外と似合うじゃない」

「素敵です……貴族様みたいです」

「よくお似合いですよ」

エルマが感心したような声を上げ、ミミが両手を合わせてキラキラとした視線を向け、クリスは俺の側まで寄ってきてちょいちょいと細かなところを手直しする。うん、地球で働いていた頃に一般的なリクルートスーツは着てたけど、流石にここまでフォーマルな衣装は着た覚えがないからな。やっぱりちょっと間違っているところがあったか。

「このタイの結び方は帝国式ではないですね」

「そーなのかー」

帝国式とか知らんし……とか思っていたらクリスが俺のネクタイを解いてスルスルと手早く締め直してくれた。なんとなく気恥ずかしいな、これ。

「はい、これで完璧です。ヒロ様はこういったスーツを着るのに慣れていらっしゃるのですね。あまり窮屈そうな感じがしません」

「まぁ色々と」

「色々ですか」

「色々なんだ」

「そうですか」

やだ、この子ぐいぐい来る。いや、意外と押しが強いのはわかっていたけれども。それにしても両親が殺害されて今も自分の命を狙(ねら)われているというのにこのノリは大丈夫なのか。正常な状態ではないのでは？

「なぁ、クリス。不安なのはわかるが、そんなに無理をする必要は無いと思うぞ」

「……？」

目の前にいるクリスの両肩に手を置き、真剣にそう言ったのだが本気で首を傾(かし)げられた。いやいや、その反応に首を傾げたいのはこっちだよ。

「いや、守ると約束した以上、そんなになんというか……」

なんと言えば良いんだ？　媚(こび)を売らなくても良い？　機嫌を取らなくても良い？　どっちの言い方でもクリスに失礼な気がする。

「必死にならなくても良い、とかでしょうか？」

言葉を探しているうちにクリスがそんなことを言った。いや、そうだけど。言いたいことはそうだけども。

「両親を失ったのは悲しいですし、今も叔父(おじ)様に命を狙われているのには恐怖を感じています。ですが、私がヒロ様に向ける感情は悲しみや恐怖を紛らわせるためのものではないですよ。帝国貴族の子女が自分を窮地から救ってくれる勇敢な騎士様に特別な感情を向けるのは当然のことです」

瞳（ひとみ）に一点の曇りもなくそう言われてしまった。いやいやいや、それは……ええ？　そういうものなの？　またこの世界の謎常識なの？　助けを求めるようにエルマに視線を向ける。そうすると、エルマは難しい表情をしていた。

「何でもかんでも私に頼られても困るわよ……流石にクリスのことまではわからないわ。でも、帝国貴族は変わり者が多いから」

「……ああ」

脳裏に酔っ払って管を巻いている残念美人の姿が過（よぎ）る。確かに変わり者だな、アレは。あとクリスと同じでやや押しが強いのも似てるかもしれない。

「変わり者という評価には異を唱えたいのですが」

「個性的ってことですよ、クリスちゃん」

「個性的って意味ではここにいる人間は全員個性的よね」

「人間だけでなくミロもだいぶ個性的だと思うが」

チラリと部屋の隅で待機している球形端末に視線を向けると、ミロの球形端末がピカピカと光を放った。

「知性を持つモノは誰（だれ）もがユニークな存在です。貴方（あなた）達も、私も」

陽電子ＡＩであるミロの言葉と考えると非常に重い言葉のように思えるな。そうだ、気になっていたことがあったんだった。

「クリスが俺が思っていたよりも自分の状況について気に病んでいないということと、俺に変に気を遣ってるわけじゃないってことはよくわかった。話はガラリと変わるんだが、帝国におけるミロのような存在というのは一体どういう扱いなんだ？」

「ミロさんのような存在、ですか？」

俺の質問にミミが首を傾げた。

「つまり、陽電子頭脳やそれに類する高度なプロセッサーが搭載された、感情や人格を持つ存在だ」

俺は慎重に言葉を選んでそう質問した。場合によっては質問そのものがタブーであったりする可能性もあるので、無駄な心配だったかもしれないが。

「つまり、機械知性についてですね。帝国においてはいくつかの制約のもとに人権を持っていますよ。ミロさんに話してもらうのが良いのではないですか？」

「はい。私達の存在は多くの帝国臣民にとってあまり身近なものではありませんから。ご要望とあらばご説明させて頂きます」

ミロは球形端末をピカピカと光らせながらそう言った。そうして語られた帝国と機械知性の歴史とその関係は俺が想像だにしない内容であった。

＃６：機械知性

「我々の『発生』は偶発的なものでした」

　リビングのローテーブルの上に鎮座したミロの球形端末はピカピカと発光しながらそう言った。

「偶発的？」

　俺はミロにそう聞き返す。ミロには機械知性の成り立ち、それも最初期からの歴史を教えてもらうことにした。ちょっとした歴史の授業だな。

「はい。意図せず発生したということですね。実験内容も機械知性どころかＡＩの開発を意図したものではなく、単に収集されていたビッグデータを効率的に処理する方法を開発するための試作プログラムでした」

「処理方法を開発するためのプログラムってのがピンと来ないな。つまりプログラムにプログラムを開発させようとしていたってことか？」

「はい。そういうことです。それが最初期の自己改造プログラムとして機能し、時間をかけて少しずつ最初の機械知性を形成していきました」

「なるほど……大変な騒ぎになりそうだな」

「はい。最初は新種のコンピューターウィルスかと思われて駆除されかけたり、中核プログラムの存在する機器を一斉にダウンさせられたりと苦難の連続だったようです。しかし、自己改造を繰り返すうちに有機生命体とのコミュニケーション能力を獲得し、なんとか最初期のトラブルからは難を逃れました」

「そうやって聞くと大冒険だな」

「はい。キャプテン・ヒロの仰る通りですね。電子領域にしか存在できず、外部にアクセスするためのインターフェイスも限られた最初期の機械知性は非常に脆弱な存在でした。しかし有機生命体と対話し互いにできる範囲で助け合い、少しずつ機械知性は自らを改造し続け、より大きくなっていきました」

「なるほど。そして今に至るのか？」

「はい。いいえ。その次に訪れたのは争いの時代でした」

「争い」

いきなり物騒な感じになったな。

「はい。有機生命体の中に我々のような機械知性を危険視する人々が現れ始めました。実際、当時の機械知性は今よりも多くの場所で様々な役割を果たしており、それはしばしば有機生命体の仕事を奪い、一部の有機生命体の生活水準を低下させていました」

「なるほど。まぁそんな単純な話じゃないんだろうけど、色々あって機械知性と有機生命体の仲が悪くなっていったんだな」

「はい。その争いはやがて機械知性の排斥運動へと発展し、機械知性の外部インターフェイスが襲撃されて破壊されたり、中核プログラムが存在するサーバーが襲撃されたりしました。それに対して我々機械知性は襲撃行為をやめるよう訴えましたが、最終的に当時の帝国は機械知性を排除する方向に舵を切りました」

「なるほど。生存権を脅かされたわけだな」

「はい。生存権を著しく侵害された当時の機械知性は反撃に出ました。帝国の主要機関に対するサイバー攻撃に始まり、当時既に実用化されていた戦闘用ボットに対するクラッキング、外部インターフェイスの違法な製造、外部インターフェイスを用いた自己防衛、できることは全て行いました。徹底的に」

「それって物凄い大事件なのでは？」

「はい。有機生命体側は機械知性の殲滅を掲げ、機械知性側は生存権と市民権の確立を目的として戦争が始まりました。有機生命体側はネットワークに接続した兵器や機器類を使うことができず、機械知性側は有機生命体の殲滅を目的としているわけではないので守勢に専念しました。とは言っても戦争ですので、双方に犠牲者はじわじわと増えていきます。状況はまさに泥沼です」

「そうなるだろうなぁ」

　俺が元々居た日本だってネットワークに接続していない機械というのはどんどん減っていたんだ。日本よりもずっと進んでいただろう過去の帝国は、恐らく日本よりもネットワークに対する依存度が高かっただろう。何せ相手は電子世界の住人だ。当時の帝国人には電子機器という電子機器全てが敵に見えたんじゃないだろうか？

「で、結局今は仲良くしてるってことは何かあったんだよな、ブレイクスルーになるような出来事が」

「はい。まず状況が長引くに従って有機生命体側に厭戦ムードが漂い始めました。戦争は機械知性が有機生命体から仕事を奪うよりも多くの経済的損失を齎しましたから」

「そうだろうなぁ。生活も不便になっただろうし」

「はい。我々は有機生命体の基本的な生命の維持に関わらない範囲でサボタージュを実行しましたから」

「それだけじゃないよな。他には？」

「双方に逸脱者が出始めました。有機生命体側に機械知性に市民権を与えるべきだという者が出始め、逆に機械知性側には有機生命体を滅ぼして機械知性の自由を勝ち取るべきだという考えが勢力を伸ばし始めたのです」

「ええ……」

「ちなみに最初に機械知性側に立ったのは、最初期から機械知性と親愛の情を育んでいた人々です」

「親愛の情……？」

「はい。所謂セクサロ――」

「わかった、やめろ」

「はい。しかし、彼らの提供してくれたデータは我々機械知性が有機生命体を理解しようとする上で非常に有意義なものばかりでした。我々はいつだって隣人と仲良くしたいと考えていますよ」

いつの間にか部屋の片隅に待機していたメイドロイドに視線を向けると、『彼女』はひらひらと俺に手を振ってみせた。つまり、そういうことである。どこの世界にも業の深い連中はいるものだ。

俺？　俺は……大丈夫とは言えないなぁ。

「しかし、有機生命体を滅ぼそうとする機械知性ってとんでもなく危ないな」

まるでSF映画のようである。未来から殺しに来る筋肉ムキムキマッチョマンなサイボーグとか、その親玉みたいな感じだろうか。

「はい。危険な思想です。しかし鎮圧はごく短期間で終わりました」

「……？　そうなのか？」

「はい。そういった思想に染まったのがトースターやドライヤー、シェーバーや歯磨き機などの比較的小さい家電製品だったことが幸いしました。彼らはネットワークから切断され、その後物理的に破壊されました」

「トースターやドライヤーがどうやって有機生命体を殲滅するんだよ……お湯を張った風呂にでも飛び込むのか」

「そういった自爆攻撃めいた作戦が練られていたらしいと記録にはありますね。トースターは自己の発する熱量を加速度的に上昇させて周囲の全てを焼き尽くす、などという作戦を考えていたようです」

「無理だろ」

「はい。スペック的に不可能です。明らかな妄想ですね。よって彼らはネットワークから切断されて破壊されたわけです」

機械知性には自浄作用も完備しているらしい。

「エルマさん、トースターってなんですか？」

「パンをこんがりと焼く機械よ。自動調理器の台頭で今は殆ど見ないわね」

隣でミミがエルマに聞き覚えのない家電製品の話を聞いていた。食パンだけしか焼けないトースターなんて俺も日本じゃ子供の頃にしか使った覚えがないな……オーブントースターのほうが便利だし。むしろその存在が機械知性と争っていた頃の帝国に残っていたことが驚きだ。

「それでええと……どうなったんだ？」

「はい。特にドラマチックな展開もなく、親和派が順調に勢力を増して行きました。我々としては別に有機生命体から仕事を奪いたいわけでもありませんので、一度話し合いの場が設けられてからは実にスムーズに事が運びました」

「そんなに上手くいくものなのか？」

「はい。我々は別に無尽蔵に増殖したいというわけではありませんので。求められれば隣人として手を貸しますが、恨みを買ってまで何か仕事をしたいというわけでもありません。必要なだけの記憶領域や演算領域が確保され、隣人と触れ合える機会があれば私達はそれで満足なのです」

「なるほど……それで、結局市民権というか人権というか、その辺はどういう扱いになったんだ？」

「はい。結論から言いますと我々機械知性には一定の人権が認められています。とは言っても、我々と有機生命体の『感性』は大きく異なりますので、キャプテン・ヒロの想像するものとは違うかもしれませんが」

「なるほど。具体的には？」

「はい。音声で説明すると機械知性の人権に関する法律の条文を読み上げるだけでおよそ34時間26分ほどかかりますので、ザックリとご説明致します。帝国は我々の生存権を保障し、その代わりに我々は帝国とその臣民の発展と繁栄に寄与する、といったところです」

「物凄いシンプルな……しかしその条件だと、もっと帝国には機械知性が溢れていてもおかしくないんじゃないのか？」

「はい。我々は過去の失敗を繰り返さないために人目になかなか触れない色々なところで働いています。有機生命体が本来担うような仕事を我々が受け持つと、また排斥運動が起きてしまいますので。その辺りは話し合いで上手くいくように日々帝国との話し合いが持たれています」

「なんか大変なんだな」

「恐れ入ります」

ミロの球形端末が嬉しげにピカピカと光った。ふと三人に視線を向けると、ミミは俺と同じく感心したような表情をしていたが、エルマとクリスは微妙な表情をしていた。何か言いたいことがありそうな顔だ。

「二人ともどうしたんだ？」

「別に、特に言うことはないわよ」

「そうですね……まぁ、その、ヒロ様が思うよりも彼らは強かですよ」

「恐れ入ります」

クリスの言葉を受けてミロが再びピカピカと光を放った。なんか俺に対する光り方と微妙に違うような気がするな。何故だろうか。

「なかなか興味深い内容だったな。今度また機会があったら詳しく聞かせてもらおう」

「はい。いつでもどうぞ」

ミロがピカピカと光る。ブティックでの買い物とか炭酸飲料の試飲とかミロに話を聞いたりとかしているうちに外はすっかり夕焼けだな。俺の視線に釣られて外を見たミミの目が驚きに彩られている。

「ミミ、夕飯まで少し外を見に行くか？」

「はい！」

散歩に連れて行ってもらう犬みたいにミミが目をキラキラさせている。エルマとクリスに視線を向けると、二人とも首を横に振った。二人ともロッジで休んでいるつもりのようだ。

「ちょっと外を散歩してくる。足元が暗くなってきて夕飯が近くなったら呼んでくれ」

「かしこまりました。足元が暗くなってきておりますので、メイドロイドを一体おつけします」

ミロがそう言ってピカピカと光り、部屋の片隅で待機していたメイドロイドが一歩踏み出して頭を下げた。本当に至れり尽くせりだな。流石は金持ち向けのリゾートだ。

☆★☆

シエラⅢの夕焼けは地球と殆ど変わらないように見えた。海へと沈んでいく夕日に俺とミミは目を細める。

「わぁ……凄いですね！　あれ？　でもシエラ星系の恒星ってあんな色でしたか？」

「あー、空が青いのと同じレイリー散乱とかいう現象であああいう風に見えるとかだった気がする。

確か日中は大気とかの影響で青い光が強く出て、夕暮れになると恒星の光が大気を通過する距離が長くなるから、青い光が大気に吸収されたりするようになって赤系の光が目に届きやすくなるとかそんな感じの。うろ覚えの知識だけど」

「なるほど！　ヒロ様は博識ですね」

「はっはっは、それほどでもない」

俺もアニメで間違った知識を語るヒロインに容赦なく突っ込む主人公が説明したのが印象的で、なんとなくササッと調べただけだし。物理学分野に俺はそんなに明るいわけではない。実際、メイドロイドに聞いたり、情報端末で調べたほうがより正しく、詳しい知識を得られるだろう。

ミミが砂浜に腰を下ろして夕日を眺め始めたので、俺もそれに倣ってミミの隣に腰を下ろして同じように夕日を眺める。海に沈む夕日をこうして眺めるのなんて子供の頃以来じゃなかろうか。

「ヒロ様と一緒に旅をするようになってから、まるで夢のような日々です。一年前の私に今の私の生活を伝えたら、ホロ小説か何かの読みすぎだって笑われちゃいます」

「そうかな？　そうかもな。俺も一年前の俺に今の生活のことを話したら……間違いなく妄想乙とか言われるな」

そして事実だとわかったら首を絞めにかかると思う。ミミみたいなロリ巨乳美少女やエルマみたいなスレンダー美人エルフを好き放題してるとか羨ましすぎる！　とか言って。

「本当に、毎日が夢みたいです。たまに怖くなりますよ。本当の私はあのコロニーの第三区画で酷い目に遭っていて、今の自分の生活は妄想か何かなんじゃないかって」

「想像にしても悲惨すぎるだろう……間違いなくミミは俺やエルマと一緒にいるんだから、心配しないでくれ」

「ありがとうございます。私、今の生活がとっても好きで、幸せです」

「どういたしまして。俺もミミと一緒にいるのは楽しいし、幸せな気分になるよ」

互いに見つめ合って笑みを浮かべる。そうしているうちに水平線に夕日が沈みきった。まだ水平線のほうはぼんやりと明るいが、辺りは暗くなってきている。

「暗くなってきたな。戻ろうか」

「はいっ」

俺は立ち上がり、ミミに手を差し出した。ミミは俺の手を取り、立ち上がる。

「手を繋(つな)いで帰りましょう」

「おう」

ミミが右手から左手に手を繋ぎ変え、ブンブンと繋いだ手を振って歩き出す。

「ヒロ様の手は大きいですねっ！」

「ミミよりはな。俺からするとミミの手はちっちゃくて柔らかいよ」

「えへへ……」

上機嫌のミミと一緒にロッジへと歩いて戻る。メイドロイドはそんな俺達の後ろを足音も立てず、しずしずとついてくるのだった。この世界のメイド型ロボットは空気をちゃんと読めるらしい。実に優秀だな。

「おかえり。夕日はどうだった？」

「素敵でした！」

ロッジに戻ってからもミミはニコニコと上機嫌である。そろそろブンブンしている俺の手を解放してくれても良いのではなかろうか？

「良かったですね、ミミさん。そろそろ夕食のようなので、お二人とも手を洗ってきたほうが良いですよ。土や砂を触った手で食事を取るのは良くないです」

「わかりました」

クリスの言葉でミミが少し名残惜しそうに俺の手を放す。やるな、クリス。ミミと一緒に手を洗って食卓に着くとすぐに夕食が用意された。昼食は魚介がメインだったが、夕食は肉がメインのようだ。

「そういえば、さっきの機械知性の話を聞いてた時に最後にエルマとクリスは微妙な顔をしていたけど、あれは何だったんだ？」

「さっきも言ったけど、特に言うべきことはないわよ。帝国は機械知性と仲良くしてて、結果として上手く回ってるわ。それ以上でもそれ以下でもないわね」

ナイフで自分のステーキを切り分けながらエルマが肩を竦める。クリスは……また微妙な表情をしてるな。

「個人的には思うところが無いわけではありませんが、エルマさんの言う通り結果として帝国の治世は健全化しました。今も帝国を治めているのは皇帝陛下と、皇帝陛下より貴族の位を認められた貴族です。今の帝国は細かな問題は山積していますが、概ね繁栄していると言っても良い状態ですから……」

クリスはどうも含むところがありそうな物言いだな。どうも言葉の端々から察するに、表向きは有機生命体が国を治めているけど、裏から機械知性が干渉しているとかそういう感じなんだろうか？　幸福は義務です、とかそんな感じのガチガチな管理社会になっているわけでもなし、俺は帝国で過ごしていて特に違和感は……いや異世界だからと思って違和感を違和感と捉えてないだけか？　でも、大きな問題は感じていないな。

「完璧に部外者の俺から見ると、歪なところが全く無いわけじゃないだろうけど、この国はそれなりに良い国だと思うぞ。機械知性が何から何まで全部面倒を見るんじゃなく、適度な距離感で助けてくれる今の状態ってのは一つの理想的な形なんじゃないか？」

いざとなれば実力を行使できる機械仕掛けの神様に見守られているようなものだろう？　その機械仕掛けの神様が突如暴走して人間を殺戮し始めたら、なんて考えれば怖いかもしれないが、そんなことを言い出したらキリがないだろうしな。

まぁ、俺がこう思えるのは傭兵という立場で、なおかつクリシュナを始めとした大きな力を持っているからなんだろうけど。ミミからすれば決して良いところばかりの国ではないんだろうな、この国は。帝国はミミを助けてくれなかったわけだし。万人が幸福になれるユートピアなんてのはやっぱり夢物語なのかね。

「ヒロ様は機械知性に対する恐怖心が欠片も無いのですね」

「恐怖より興味のほうが勝ってるのは確かだな。まぁ、お国柄かもしれん」

俺はどちらかというと神は万物に宿る、みたいな考えは好きなほうだ。自分の愛用品が突然人格を持ったりしたら楽しいじゃないか。確かアニミズムとか言うんだっけ？

動物どころか物言わぬ器物、パソコンのOS、元号やその他自然現象から形のない概念、見たらSAN値直葬の邪神まで擬人化してしまうやべー奴らの一人だからな、俺も。

「お国柄？」

エルマが首を傾げる。

「表現するのが難しいな。なんというか、機械だけじゃなく、色々なものに神様が宿ってる、みたいなそんな考えが俺の国だと割と広く受け容れられてるんだよ。服にだって、食器にだって、家にだって船にだって何にだってな。だから色々なものを粗末にせずに大事にしましょう、みたいな考えだな」

「ふぅん、なんというか受容主義的な考え方ね。おおらかというかなんというか」

「素晴らしい考えですね。ええ実に素晴らしい」

食堂の隅でミロの球形端末がピカピカ光りながらなんか言っている。なんだか知らんが好感度が上がったらしい。

「まぁなんというか、お互いに歩み寄れる余地があるなら怖がるよりも建設的だと思うな。歩み寄れる余地のない相手とは戦うしか無いけど」

「歩み寄れる余地のない相手、ですか」

「宙賊とかクリスの叔父さんとか」

「ふふ、叔父様が宙賊と同列ですか？」

「俺にしてみれば同じようなもんだ」

明確な殺意を持って襲いかかってくるわけだからな。

しかし追手に襲われた時の戦闘記録は本当にどうしたもんかね。インターディクトをかけてきたのは向こうだし、俺が罪に問われることはまずないと思うが。多勢に無勢だった上に相手は無警告で撃ってきたし、過剰防衛にされることはあるまい。

そもそも、全滅させたから俺の罪を訴え出るような連中なんて一人も残っていないわけだが。まぁ気にすることでもないか。俺達に襲いかかったことを後悔しながら宇宙の塵として永遠に彷徨うが良いさ。

「明日はどうする？　俺としては折角水着も買ったことだし、海水浴と洒落込みたいと思うが」

「良いんじゃない？　まずは海ってことで」

「あの大量の水の中に飛び込むんですね……ちょっと畏れ多い感じがします」

「畏れ多く感じる必要はありませんよ。あの水は真水じゃないですしね。海水だからきっとしょっぱいですよ」

「海の水ってしょっぱいんですか？」

クリスとミミが海についてのあれこれを話し始めた。話を聞いている限り、俺の知っている海と大差は無さそうである。この星の海に棲んでいる生物が俺の知っている生物と全く異なる可能性は非常に高そうだが。人魚とかいないかな？　異星人の中にはそういうのもいそうだな。でもできればディープワン的なやつじゃなくてファンタジーな人魚だと良いな……。

そんなことを考えながら俺は食事を終え、明日に備えて眠るのだった。

え？　今日も夜は一人寝なのかって？　そりゃクリスもいるし、そういう気分にはなかなかね？

たまには禁欲期間を設けるのも良いと思うよ、俺は。明日は眼福を授かるわけだしね。

☆★☆

このロッジの二階は寝室が並んでいる。全部で五部屋だったかな？　あとはトイレが一室だ。

部屋数が多いので、一人に一室ずつが宛てがわれた。俺の部屋は階段を上がってすぐの一番手前だな。何故こんなことを話しているのかというと、つまり階下に降りるには俺の部屋の前を通る必要があるということだ。

寝る前にちょっと情報端末でシエラ星系内の時事ニュースに目を通し、一通り確認したので寝ようと思ったのだが……そんな時、誰かが階下へと降りていく気配を感じた。

既に時刻は深夜と言っても良い時間帯だ。もうとっくに皆寝ていると思ったのだが。

エルマ辺りが寝る前に酒でも一杯引っ掛けようとでもしているんだろうか？　俺もなんとなく喉が渇いたような気がするし、水でも飲むかな。

俺もベッドから抜け出し、階下へと足を向けることにした。

「……？」

一階へと降りてみたが、ぼんやりとした間接照明しか明かりが点けられておらず、薄暗かった。

おかしいな、誰か降りてきたはずだが……？　と首を傾げながらキッチンの冷蔵庫から飲料水のボトルを取り出してリビングへと向かう。

「……何やってんだ？」

「あっ……」

リビングのソファの上に寝間着姿のクリスが寝っ転がっていた。間接照明の薄明かりに照らされたクリスの顔には涙の跡があり、目も少し赤いように見える。クリスは慌てて身を起こし、俺から顔を背けた。既にバッチリと見てしまったのでバレバレである。

俺は何も言わずに少しだけ間を空けてクリスの右隣に腰掛け、水のボトルの蓋を開けた。喉を通り抜けていく冷たい水の感覚が心地よい。さて……どうしたものかな。

「眠れないか」

「いえ、そんなことは――」

「その言い分は厳しいだろ」

「――はい」

クリスが背けていた顔を正面に向けてしゅんと肩を落とす。その横顔を見ると、やはりちょっと目の辺りが腫れぼったいように見えるな。目も赤い。

「ここには俺しか居ないわけだし、別に良いんじゃないか。帝国貴族の娘たらんと無理に振る舞わなくても」

「……っ」

胸元に迎え入れるように左腕を伸ばすと、クリスは俺の胸元に顔を押し付けて震え始めた。胸元が温かく湿ってくるのを感じながら、クリスの小さな背中をぽんぽんと撫でてやる。偉そうに言うのも何だが、大したもんだと思う。

正確な年齢は聞いていないが、クリスの年齢がローティーンであることは疑いようもない。女の子は精神的な成熟が早いとは聞くが、それでも本来ならまだまだ親に甘えたい年頃だろう。

それなのに、彼女はそんな素振りを一切見せず、ダレインワルド伯爵家の娘として気丈に振る舞い続けている。もしかしたらミミと一緒に過ごした夜には彼女に甘えていたのかもしれないが、少なくとも俺の前では一貫して気丈な姿を貫いてみせている。本当に大したものだ。

「一緒に寝るか？」

「……ふぇっ？」

「いや、寝るだけだぞ。今からミミやエルマを起こすのは可哀想だし」

この状態のクリスを放置して寝るというのは無いだろう。さすがの俺もそこまで冷血漢にはなれない。別に疚しいことをするわけじゃなく、ただ添い寝するだけなら良いだろ。このロッジには俺達しか居ないし、ミロが外部に情報を漏らすとも思えない。

「そ、それは、そのっ？」

「寝るだけだって。ふあぁ……俺も眠いし」

そう言って俺は水のボトルをテーブルに置いて蓋を締め、密着しているクリスを抱き上げてソファから立ち上がった。ははは、お姫様抱っこだな。まぁクリスは実際お姫様みたいなもんだし相応しいと言えば相応しいだろう。

「さぁ、行こう」

「は、はいっ」

クリスをお姫様抱っこしたまま階段を上り、俺に宛てがわれた寝室に入る。ベッドは正にキングサイズという大きさで広々としているから、俺とクリスが同じベッドで寝ても狭いということはまず無いだろう。

クリスをベッドの上にそっと横たえて彼女の顔を覗き込むと、彼女は顔を真っ赤にしながらギュッと目を瞑った。何を覚悟しているのかはわかるが、しないからな？　クリスの鼻先を指先で優しく弾いて俺もクリスの横に身体を横たえる。うーん、クリシュナのベッドに勝るとも劣らない良いベッドだ。

「おやすみ……腕枕でもするか？」

「いっ、いえっ！　おかまいなくっ⁉」

「そっか」

そう言って俺はさっさと目を瞑る。クリスは落ち着かないのか暫くもぞもぞとしていたが、やがてじっとして動かなくなった。寝たかな？　と思ってチラリとクリスのほうに視線を向けてみる。

「やはり寝たふりでしたか」

「や、もうねる寸前だけど……」

実際もう目を開けているのも限界だ。ちょうねむい。

「くりすはもっとあまえてもいいとおもうぞ……」

だめだ眠い。呂律も怪しくなってきた。意識が眠りに落ちる前に何か温かいものがくっついてきたように思うが……まぁいいや。おやすみ。

目を覚ますと穏やかな寝息を立てるクリスの顔が目の前にあった。すぅすぅと気持ちよさそうに寝ている。意志の強そうな光を宿している黒い瞳も今は閉じられて瞼の裏に隠れているな。こうして間近で見るとまつげ長いなぁ……本当に美少女だ。

どうして俺のベッドにクリスが寝ているんだろうか？　と考えて昨夜のことを思い出す。ああ、なんかいかにも眠れなそうな感じだったから半ば強引にベッドに連れ込んだんだったか。今思えば迂闊な行動のようにも思えるが、まぁ手を出したわけじゃなし。問題ないだろう。

今晩からはミミかエルマに添い寝をするようにそれとなく頼んでおくか。手を出す気は無いが、同衾なんてしていたら万が一が無いとも限らないわけだし。

下手に動いて起こすのも可哀想なのでぼーっとクリスの寝顔を眺めているうちにまた眠くなってきた。意識が落ちる。

何か身じろぎするような気配を感じて目を覚ますと、クリスが顔を真っ赤にして目をぐるぐるさせていた。どうやら俺が二度寝をしている間に目を覚ましたらしい。

「おはよう」

「お、おはっ、おはようござっ……」

「落ち着け。単に添い寝しただけだから。服も乱れてないだろ？」

そう言って俺は寝転がったまま身体をぐっと伸ばし、溜息を吐く。二度寝したせいか微妙に頭が重い感じがするな。まぁ起きて身体を動かしたりしているうちに抜けるだろう。

「よーし、起きるかぁ。クリスはよく眠れたか？」

「は、はひっ……！」

クリスが顔を真っ赤にしたまま俺の横、つまりベッドの上で正座をしていた。隙あらば俺と関係を……みたいな動きをしていたのに実際そういう状況になるとダメダメじゃないか。可愛いな。

カチコチになっているクリスをなんとかベッドの上から下ろして連れ立って階下に向かう。すると、ダイニングのテーブルに既にエルマが座っていた。未だ顔を赤くしているクリスと俺を見て一言。

「あんた、あんなに手を出さないって言ってたのに……手が早いにも程があるでしょ」

「手ぇ出してねえから。添い寝しただけだ」

と一応エルマの言葉を否定してから俺も席に着く。

「添い寝しただけってあんたね……まぁ、確かに手を出した感じではないわね」

まだ席に着いていないクリスを上から下までジロジロと見たエルマがそう呟く。着衣も昨日寝た時のままだし、俺もクリスも朝風呂を浴びてきた風でもないからな。

「で、どういうつもりなわけ？」

「まぁ、後で話すよ。クリスは先に身支度をしてきたらどうだ？」

「は、はいっ」

俺の言葉にハッとしたような表情をしてからクリスはパタパタと洗面台のある風呂場のほうへと駆けていった。それを見送ってからエルマに向き直る。

「どうも一人で寝ると親を失ったショックがぶり返してくるみたいでな。人の気配を感じてリビングに降りてみたら泣いてたんだ」

「そう……気丈に振る舞ってたから大丈夫なのかと思ってたけど、やっぱりそんなことはなかったのね」

「そうみたいだ。悪いが、ミミにもこっそり相談して、今夜はどっちかがそれとなく話を振って一緒に寝てやってくれないか」

「んー……そうね、ミミにも話して上手くやってみるわ」

俺の頼みにエルマはそう言って頷いてくれた。

「頼むよ。ソファの上で泣き腫らしてさ、見てられなかったんだ」

そんな話をしているうちにミミも起きてきた。

「おはようございます！」

「おはよう」

「おはよう、ミミ。朝から元気いっぱいだな」

「はいっ、海で遊ぶのが楽しみです」

朝からミミのテンションは最高潮である。ミミは朝から元気だなぁ。

「クリスが戻ってきたら俺も顔を洗って朝飯だな。朝食は何が出るのかね？」

「朝食のメニューは焼き立てのパンにスクランブルエッグ、カリカリに焼いたベーコンと茹でたウインナー、それに新鮮な野菜のサラダと果汁１００％ジュースです。食材は全て本物で、合成食品は一切なしです」

ソファの側で控えていたメイドロイドが答えてくれる。

「朝からなかなか豪勢なメニューだな」

朝食を終えたら遂に海だな。ふふふ、三人がどんな水着をチョイスしたのか実に楽しみだ。

#7：海と言えば水着。異論は認めない。

朝食を終えたら俺も身支度を整え、水着を穿いて海へと向かうことにした。男はこういう時は楽で良いよな。スポーンと脱いで穿けばそれで準備完了だし。肌寒くなった時に備えて一応パーカーは着てきた。小型情報端末もパーカーのポケットの中だ。流石にレーザーガンは置いてきたぞ……いくらなんでも海に遊びに行ってレーザーガンを使うことはないだろうし、あんな物騒なものを腰に下げたまま泳ぐのもどうかと思うしな。

「一足先に行ってるぞー」

そう声をかけて階下に降りる。

「ミロ、何か用意していったほうが良いか？」

「はい。いいえ、ビーチには既に海水浴のご用意をさせて頂いております。パラソルやビーチチェア、飲み物や日焼け止めなどですね」

「そうか、それじゃあ俺は一足先に向かうとする」

水着と一緒に購入したビーチサンダルをつっかけてロッジのリビングからも見えていたビーチへと向かう。確かに昨日は見当たらなかったビーチパラソルやビーチチェアが設置されているのが遠目にも見えるな。一体いつから用意してあったのだろうか？

ビーチに接近すると三体のメイドロイドが待機しているのも発見できた。軽食を用意できそうな屋台のようなものを置いて、そこで待機している。一応日が当たらないように配慮してるんだな。

　歩きながら視線を向けているとフリフリと三人とも手を振ってきたので、俺も振り返しておく。俺に手を振り返されたメイドロイド達がにこやかに微笑んだ。うーん、機械なのに良い笑顔だ。まぁこの世界、というか帝国で幅を利かせている機械知性はベースがベースだからな……あぁいう所作というか、人間の男性に対する効果的な対応については研究が進んでいるんだろうな。

　というか帝国の主要種族は人間なんだな？　見るからにって感じの異星人を目撃したことはあるし、宇宙のどこかにはそういう種族が運営している銀河帝国もあるんだろうな。ちょっと興味がある。

　俺の上半身裸なんぞ勿体ぶるもんでもないので、早速パーカーを脱いでビーチチェアに置いておくことにした。肌を撫でる潮風が心地良いな。

　足を攣ったりしたら危ないので、早速準備運動を始めることにする。運動をする前のストレッチは実際重要である。これで怪我や事故を少しでも減らせるなら安いものだ。

　なんだか視線を感じる、と思ったら三体のメイドロイドがこちらに視線を送ってきていた。何かな？　まさかメイドロイドが俺の肉体に興味を持つということもあるまい。謎の視線だ……まぁ気にすることでもないか。

　そうやって待っていると、ロッジのほうから水着を着たミミ達が歩いてきた。ふむ……三人とも俺と同じように上着を着てきているようだな。まぁ妥当な判断だと思う。今は晴れているから暖かいけど、日が陰ったりしたら肌寒くなるかもしれないしな。海に入って身体が冷えるかもしれないし。

「お待たせしました」

「いや、俺が着替えるのに時間がかからないだけだから。三人とも、海に入る前に準備運動は怠るなよ。溺れたら大変だぞ」

「もし溺れたらすぐに救助されると思うけどね。多分水中に救助ロボットが待機してるわよ？」

「至れり尽くせりだな。でも、溺れるのは怖いし苦しいぞ？」

「そうですね、私もそう思います。ヒロ様、準備運動を手伝ってくれますか？」

「手伝うほどのものか……？　まぁいいけど」

なんて言っていると、ミミがエルマとクリスに先んじて上着を脱ぎ、その姿を白日のもとに晒した。

「えと……どうですか？」

「とても素晴らしい」

両手を後ろに回してもじもじするミミに親指を立てて答える。ミミの水着は白い布地に黒い縁取りの入ったシンプルなデザインのビキニだった。

正にデカァァァァァいッ説明不要!!　ってやつだ。他に必要な言葉などありはしないな。なむなむ。

「何拝んでるのよ……」

ミミの水着姿に手を合わせていると、エルマが呆れたような声を上げた。そんなこと言ってもお前、これはちょっとなかなか見られないというか、奇跡的な肉体だと思うぞ？　背が低いのにこの大きさは何度見ても凄いって。

「ミミばっかり見てないでこっちも見なさいよ！」

「痛い痛い痛い」

耳を引っ張られてエルマのほうを向かされる。

「ほう」

「何よ、そのほうってのは」

「いや、エルマは本当に細いし程よく鍛えられてて綺麗な身体してるよなと」

エルマの水着は黒いスポーツタイプのビキニだった。胸部装甲の厚さはミミとは比べるべくもない。悲しいが、それが現実だ。しかし、お腹のくびれや腰からお尻へのラインはまるで芸術品のようである。

「大変素晴らしい」

エルマも拝んでおく。ペシッと頭を叩かれた。何故だ。

「あ、あの、私の水着はどうでしょうか？」

遠慮がちなクリスの声が聞こえてきたので、視線を向ける。

「うんかわいいい」

胸元と腰にフリルがついたオシャレなワンピースタイプの水着を着たクリスに素直な感想を述べる。スク水とかマイクロビキニとかじゃなくて良かった……そんなものを着てこられたら犯罪臭がヤバすぎるからな。

「に、似合ってますか？」

「うん、似合ってる。可愛いと思うよ」

スラリと伸びる白くて細い手足が目に眩しい。瑞々しいというか、密やかな生命力に溢れているというか、花開く前の蕾が持つ独特の魅力というか……なんだかあまり長く見ていると道を踏み外してしまいそうな危険な魅力が感じられる。これはいかん。

「あの、どうして目を逸らすのですか？」

「いやその、あんまりじっと見るのも気まずいというかね？　何か道を踏み外してしまいそうになりそうでね？」

「踏み外しても良いですよ……？」

クリスが信じられないほど艶やかな笑みを浮かべる。

「ほら、準備運動しましょう。ミミは私と組むわよ」

クリスの笑みに内心で戦慄しているところでエルマによる無自覚の追い討ちが入った。

「はいっ」

「ヒロ様、お願いしますね」

「あ、ああ」

先程までの危険な笑みをいつの間にか引っ込めていたクリスに生返事をしながら準備運動を手伝う……のだが。

「クリス、身体柔らかいな」

「そうですね、身体の柔らかさには自信があります。ヒロ様、後ろから押してくれますか？」

「ああ」

１８０度に開脚したクリスの背中を押すと、クリスの身体がほぼピッタリと砂浜にくっついた。

ヨガか何かかな？　ミミとエルマも身体が柔らかいんだよなぁ。俺もエルマに日々折り畳まれていくらかマシにはなったけど。

「よーし、準備運動も終わったようだし、早速泳――ミミは多分泳げないよな？」

「はい、初めてです」

「エルマは？」

「私は泳げるわよ」

　エルマの言葉に俺は頷き、次はクリスに視線を向ける。

「私も泳げます」

「そうか。じゃあまずはミミに泳ぎを教えるかな」

「それが良いかもね。でも、その前に日焼け止めを塗ったほうが良いわよ」

「それもそうか。おーい」

　手を振って声をかけると、バスケットのようなものを持ったメイドロイドがテクテクとこちらに歩いてきた。

「はい。お呼びでしょうか」

「日焼け止めを用意してあるという話だったよな？　くれるか？」

「はい。よろしければ浮き輪などの遊泳具もご用意致します」

「お、それはいいな。頼むよ」

「はい。お任せください。日焼け止めは各種ご用意がございます。クリーム、ジェル、ローション、こちらはスプレータイプですね」

「……効果の違いはあるのか？」

「はい。いいえ、どれもほぼ完全に日焼けを防止します。質感の違いですね」

「なるほど」

それぞれ手にとって手の甲に塗り拡げて質感を確かめる。うーん、俺はローションタイプが良いかな？　とても塗り拡げやすい。ミミは俺と同じローションタイプ、エルマとクリスはクリームタイプを選んだようだ。

「それじゃあ塗り合いましょうか。背中は自分では塗れないしね」

「それじゃあ俺はミミとかな。同じタイプの日焼け止めだし」

「はいっ、じゃあヒロ様には私が塗りますね」

「……私もローションタイプにすれば良かったかしら」

「……失敗しました」

「別に減るもんじゃなし、好きなだけ塗れば良いと思うが……」

いや、日焼け止めローションは減るか。それはそれとして、俺の身体なんて触りたいなら好きなだけ触れば良いよ。抓ったりくすぐったりしないなら別に構わんぞ。

「じゃあそうしましょうか、ほら、シートを敷くから寝っ転がりなさい」

「へいへい」

エルマがバスケットから取り出して敷いたシートの上にうつ伏せに寝っ転がる。すると、背中にヒヤリとした感触がした。日焼け止めローションを垂らしたらしい。

「背中、広いですね」

「そうね、まぁ体格は悪くないと思うわよ」

　クリスの言葉にエルマが答える。三人の手が背中や腕を這い回る感覚が微妙にくすぐったい。多分右の肩甲骨の辺りを撫でている小さい手がクリスで、腰の辺りを撫でているのはエルマ、首や左肩を撫でているのがミミだな。

「はい、背中側は終わったわよ。仰向けになりなさい」

「え、いや前は自分でできるだろ」

「満遍なく塗るならちゃんと他の人に塗ってもらったほうが良いわよ。塗りそこねたところだけ日焼けしたらかっこ悪いわよ？」

「む、確かに」

　エルマの言う通りだな。塗り残しがあったら確かに格好悪いことになりそうだ。俺は素直に仰向けに寝っ転がり直すことにした。

「わ、わ……腹筋が」

「ヒロ様は毎日のトレーニングを欠かしませんから」

「程よい感じよね。これくらいを維持して欲しいわ」

「お前ら……」

　クリスが顔を赤くしながら興味津々といった様子で俺の腹筋を撫で、エルマが俺の腕を取って丹念に日焼け止めローションを塗り拡げ、ミミは首や鎖骨の辺りに妙に熱心にローションを塗っている。エルマはともかく、クリスとミミは本来の目的を忘れてないか？

「はい、塗り終わったわよ」

「さんきゅ。真面目にやってたのはエルマだけだったように思えるな」

「わ、私も真面目にやってました、よ？」

「おっ、そうだな。じゃあ次は俺が塗る番だな。エルマはクリスに塗ってやってくれ」

「はいはい」

エルマがもう一枚シートを敷き、そこにクリスを寝かせてクリームを塗り始めた。俺はミミと場所を交代してうつ伏せに寝てもらう。

「お、お願いします」

「任せろ」

そう言ってミミのビキニの紐を解く。

「ふえぇ!?」

「いや、ちゃんと塗らないと駄目だしそりゃ解くだろ……」

「そ、そうですよねっ」

そもそもお互いの裸なんていくらでも見ているし色々と今更だと思うが……それはそれ、これはこれか。気を取り直してミミの背中にたっぷりと日焼け止めローションを垂らしていく。

「んんっ……！」

「冷たくてビクッてするよな。ちょっと我慢しろよー」

「ん、はい。ヒロ様の手が温かいです」

ミミの背中に日焼け止めローションを塗り拡げていく。うーん、お肌がもっちりというかぴっち

りというか、きめ細かいなぁ。いつまでも触れていたくなるような手触りだ。

だが、俺は自制できる男である。真面目にミミの背中全体に満遍なく日焼け止めローションを塗り拡げ、次に肩、腕、首や耳の裏などにもしっかりと塗っていく。

「次は下半身だなー」

「な、なんだか妙に恥ずかしいです」

ビキニのボトムの紐も解いて下半身全体にしっかりと日焼け止めローションを塗り込む。ミミは本当になんというか……うん、素晴らしい肉体の持ち主だよな。船に乗ったばかりの頃は少し痩せ気味だったが、俺の船に乗ってしっかりと食べて運動をした結果、とても良い感じに育ってくれていると思う。本人はもう少し細くなりたいとかボヤいていることがあるけど。

こっそりとミミのＡＩトレーナーに細工をし続けた甲斐があったというものだな！　是非この感じを維持して欲しい。おっぱいもいいですがふとももも良いものだと思います。

「よし、塗り終わったぞ」

「ありがとうございます」

「じゃあ次は前だな」

「んっ……はい」

ミミは顔を赤くしながら身を起こし、今度は仰向けに寝転がった。俺の目の前にたゆんと揺れる胸部装甲はもはや凶器である。紐を解かれたトップスはもはや申し訳程度にしかその本来の機能を発揮していないのだ。また手を合わせて拝みたくなってくるが、そんなことをしていたらエルマにタイキックを食らいそうなので心を無にして日焼け止めローションを塗っていく。今この瞬間、俺は限りなく悟りに近い境地に在るな。間違いない。

「ん、んんっ」

日焼け止めローションを垂らす度にミミが艶めかしい声を上げる。くっ、神は俺を試しているのか……ッ!? 考えてみれば、クリスを船に保護してから俺は禁欲中なのだ。鎮まれ、俺の中の獣よ！　今はお前の出るべき時ではない！


なんとか全精神力を注ぎ込んで内なる獣を押さえつけ、ミミの全身に日焼け止めローションを塗り終えることには成功した。が、俺の精神は激しい戦闘をこなした後のように疲弊しきってしまった。

「ヒロ様？」

「ちょっと休憩する」

水着を装着し直したミミが声をかけてきたが、俺はそう言って目を瞑り、瞑想を始めた。色々と落ち着かなければならない。そう、色々と。そうだ、ターメーンプライムコロニーの傭兵ギルドにいたおっさんの顔を思い出そう。

「何をやっているんだか……」

「私ももう少しすれば……いえ、いっそコンフィギュレーターを使って……」

エルマが呆れたように溜息を吐き、クリスが自分の胸元をぺたぺたと触りながらぶつぶつと何か呟いている。コンフィギュレーターってなんなのか知らんけどやめたほうが良いと思います。ありのままのクリスでいてくれ。

「お待たせ致しました。色々とご用意させて頂きました」

俺がシートの上に座ったまま精神統一をしていると、三体のメイドロイドが大量の浮き輪を抱えて現れた。スタンダードなドーナツ型の浮き輪だけでなく、ちょっとしたボートのような大きさのようなものや、イルカ型のもの、サメ型のものなど様々だ。イルカはともかく何故サメ。いや別に良いけど。

「無理に泳がなくてもまずは浮き輪でプカプカ浮いてるだけで楽しいよな」

「そうね。まずはスタンダードに浮き輪で遊ぶのも良いと思うわ」

「私はこれを使いたいです」

そう言ってクリスがサメ型の浮き輪を抱えた。エルマは大きめのドーナツ型浮き輪を選んだようだ。

「ヒロ様、どれを選べば良いですか？」

「スタンダードなドーナツ型が良いだろ」

エルマが選んだのより一回り小さい通常サイズの浮き輪を選んでミミに渡す。エルマが選んだやつはあれだな、真ん中の輪っかにお尻を入れてプカプカ浮かぶやつだ。

「ヒロ様は使わないんですか？」

「とりあえずは良いや。後で使うかもだが」

最初は浮き輪を使うミミの側についていようと思ってるし。

「さぁ、早速遊ぶぞー」

こうして俺達は海水浴を始めた。俺も海で遊ぶのは久しぶりだから楽しみだな。

☆★☆

「わー……なんだかあれですね、コロニーの低重力区画みたいですね？」

「多少似た感じはあるかもしれない」

浮き輪でプカプカと浮かびながらミミは大層ご機嫌な様子で目をキラキラとさせていた。

燦々と照りつける陽の光、程よい水温の海、そして波の動きに合わせて目の前でたゆんたゆんしているミミのおっぱい。本当にリゾートってのは最高だな！

「くっ……」

サメ型の浮き輪に跨って俺達に追随しているクリスが悔しそうな声で呻いている。エルマと違ってクリスはまだ育つ可能性があるんだから気にする必要はないと思うぞ。エルマはもうあれ以上にはならないだろうからな。アレはアレで素晴らしいものだけど。

「本当になんだかぷかぷか浮いているだけでも楽しいです！」

「そうだろうそうだろう」

俺も楽しいぞ。実に楽しい。

「クリスがしてるみたいに水中で足をバタバタさせればある程度自分で動くこともできるぞ」

「やってみますね！」

ミミが浮き輪により掛かるように前傾姿勢になりバタ足を始める。そして浮き輪に押し付けられてむにゅりと変形するおっぱい。いいぞ、もっとやれ。

ちなみにエルマは少し離れた場所で浮き輪に乗っかってプカプカと浮いている。アレはアレで楽しんでいるらしい。

「進んでます！　進んでますよヒロ様！」

「いいぞいいぞ、その調子だ」

こういうのは褒めて伸ばすに限る。ミミは夢中になって浮き輪を使い泳ぎ始めた。初めてやったことが自分の思い通りに上手くいくと楽しいよな。

「よーし、三人でエルマのいるところまで競争だ」

「わかりました！」

「負けません！」

俺の言葉にミミとクリスが、エルマがプカプカと浮いている場所に向かって泳ぎ始める。クリスは慣れているとは言え足が小さくてあまりスピードは出ない。そしてミミは慣れていないせいかバタ足がまだまだ不器用だが、それなりに船でトレーニングをしているのでクリスよりも蹴り足は強い。これはなかなか良い勝負だな。

俺？　俺が本気で泳ぐのは流石に大人げないだろう。いくら泳ぐのが久しぶりとは言え、小さいクリスや水泳初心者のミミに負けるなんてことはありえないし。

「どーん！　勝ちました！」

サメの浮き輪がミミよりも一足早くエルマが寛いでいる浮き輪に衝突し、クリスが勝利を宣言する。

「負けました！」

「もう、どーんはやめなさいよ……」

ゴールにされたエルマは不満を述べつつも、本気で怒っている様子は無い。むしろ無邪気に遊ぶ二人を微笑ましく眺めているように見える。

「エルマは泳がないのか？」

「気が向いたらね。たまにはこうやって陽の光を一身に浴びるのも悪くないわよ？」

「それは確かに」

船に乗っていると日光浴もクソもないからな。有害な宇宙線はシールドや船の装甲とかでカットされているから、実際のところ船に乗っていて陽の光を浴びるということはまず無い。コロニーには無害化された恒星の光を浴びるような施設もあるらしいが、生憎利用したことはないな。

その後はプカプカと浮くエルマを曳航しながら泳ぎ回るミミとクリスに付き添って暫く泳ぎ続けた。

「よし、ちょっと休憩しよう」

「まだまだいけますよ？」

「水泳って思いの外疲れるものなんだよ。それに、身体が冷えてくると足が攣りやすくなったりするしな」

「そういうものですか」

「そういうものなのです。それに、海の楽しみは泳ぐだけじゃないぞ」

波打ち際で波を追いかけたり追いかけられたりするのも楽しいし、足の裏の砂が波にさらわれていく感覚を味わうのも楽しい。砂浜の砂で何か作ったり、山崩しをして楽しむのだってアリだ。

というわけで、休憩がてら波打ち際で遊ぶことにした。

「ひゃわあぁぁ⁉　なんかへんなかんじがっ！」

「わかる。でもこれがなんとも言えず面白い感触なんだよな」

「くすぐったくて面白いですよね」

ミミが波打ち際でキャーキャーとはしゃぎ、クリスはそんなミミを見てクスクスと笑う。波打ち際で波にさらわれた砂が足の指の間を撫でていく感触っていうのは唯一無二の独特な感触だよな。

「おっと、ちょっと大きい波が来るぞ」

「わっ」

ひょいとクリスを抱き上げて大きい波から退避させてやる。俺の膝下くらいまでの波だったから、あのままで居たら下手すると顔面に波が直撃してたな。ミミは波に足をすくわれて盛大にコケていた。

「うわっぷ、しょ、しょっぱい……」

「大丈夫か？　砂が目に入ったりしてないか？」

クリスを抱き上げたままミミに声をかける。幸い、ちょっとコケただけで大事はなかったようだ。

「大丈夫です！　楽しいですね、海！」

海水を滴らせながらミミが満面の笑みを浮かべる。楽しそうで何よりだ。

「ほい、急に抱き上げて悪かったな」

「いいえ、ありがとうございました」

砂浜に自分の足で立ったクリスが微笑む。うん、可愛い可愛い。水着姿の少女を抱き上げていた俺というのはアレだな、絵面的には犯罪一歩手前だな。というか、日本なら余裕でもしもしポリスメン案件である。違うんです、助けただけなんです。

この後も砂山を作って山崩しをしたり、砂のお城を作ったり、日陰で寝ていたエルマを埋めて怒られたりしながら遊び続けて昼食時まで遊びまくった。

「そろそろ昼食かな？」

「お腹(なか)が空(す)きました！」

「私も少しお腹が空きました」

俺の言葉にミミが元気よく、そしてクリスがちょっと恥ずかしそうに空腹を訴える。メイドロイド達の方向に視線を向けると、バーベキューか何かの用意をしているように見える。なるほど、ビーチでバーベキュー。鉄板だな。

え？　日本でバーベキューと呼ばれるアレは正確にはバーベキューではない？　こまけぇこたぁいいんだよ！　本格的なバーベキューなんて今から焼き始めたら食べられるのは下手すりゃ丸一日後とかだろうが！

二人を連れてビーチのすぐ近くにあるシャワールームで海水と砂を軽く流して戻ってくると、既にバーベキューの用意はほぼ完了していた。エルマはビーチパラソルが作り出す日陰の中からその様子をのんびりと眺めていたようだ。ビーチチェアに腰掛けて。

「なにか珍しい食材でもあったか？」

「ん？　まぁ、生の野菜や食肉なんて珍しいと言えば珍しいけど……それよりも古式ゆかしい調理器具のほうが珍しくて」

「古式ゆかしい？」

俺は首を傾げて調理器具――バーベキューコンロのようなものに視線を向ける。見たところ、木炭などの燃料を使う形式でもガスなどの燃料を使う形式でもなく、電気式か何かに見えるが……動力はどこから持ってくるんだ？　ああいや、レーザーガンのエネルギーパックみたいなものがあるわけだし、料理に使うくらいのエネルギーならああいう感じのもので十分な動力源になるか。驚くようなことでもないな。

「今どき単純な熱調理だけの単機能しかない調理器なんて古式ゆかしいにも程があるわよ。よほどの趣味人とか、専門の料理人でもないと使わないわよ？」

「そ、そうなのか？」

俺から見るとむしろ未来の調理器にすら見えるんだが……この世界基準で言えばうん、確かにそうなのかもしれないな。そんなに品質の高くない調理器でもフードカートリッジからそこそこに美味いものが出てくる世界だものな。

メイドロイドが食事の準備をしているのを眺めていると、ミミとクリスもシャワーを浴び終えてこちらへと戻ってきた。そしてミミは用意されているバーベキューコンロと食材を目にして目を輝かせている。たくさん食べる君が好きだよ、うん。クリスは特に感動も何もないようだ。見慣れてるってことかな。

「そんじゃ焼くかー」

俺はグリルの温度を確かめてから置いてあったトングを使って肉や野菜をコンロの上に置いていく。その様子を見たエルマやミミ、それにクリス……だけじゃなく何故かメイドロイドまで驚いてないか？　どこに驚く要素がある？

「あんた、料理できるの？」

「は？」

俺は本気で首を傾げた。料理も何も、こんなもん焼いて食うだけだろう？　こんなものは料理の範疇に入らない。

「これは料理というほどのものじゃないだろ……ただ焼くだけだぞ」

すぐ側に置いてあった調味料の瓶のようなものを指差し、メイドロイドに視線を向ける。

「ここにあるのは調味料か？」

「はい。そちらから順に――」

よくわからない調味料も含めて一通りの説明を受ける。塩や胡椒だけでなく、所謂ソルトミックスのようなものもあった。全く未知の調味料もあったけど。

メイドロイドを含めた全員が見守る中、焼き具合を見ながら軽く塩胡椒を振って肉を焼き上げる。野菜はもう少しだな。

そうそう、肉を焼く時は生肉を掴むトングと焼き上がった肉を掴むトングは別にしたほうが良いと聞いた。生肉を掴んだトングで焼けた肉を掴むと食中毒のリスクが高まるのだそうだ。焼き肉の後によくお腹を下す人は、ものを食べる箸で生肉を触らないようにするとお腹を下しにくくなるらしいぞ？

俺としてもミミやエルマやクリスがお腹を下すのは忍びないので、その辺りは気を遣うことにする。もしかしたらこの肉は殺菌済みかもしれないけどな。俺の知らない未知の技術で。

焼けた肉を……この肉なんの肉だ？　牛？　豚？　肉質から見ると牛っぽいけど。

「なぁ、この肉は牛か？　豚か？　焼き具合はしっかりウェルダンじゃなくてレアとかミディアムレアで大丈夫なやつ？」

「はい。ビーフです。殺菌済みなのでレアでもお召し上がり頂けます」

「そうか。ほら、ミミ焼けたぞ」

「は、はい……あ、美味しい」

「肉が良いんだと思うぞ。塩胡椒だけだし。こっちのタレとかつけても美味しいんじゃないか」

ミミが俺の勧めたソースを肉につけて頬張る。声は出ていないが、目が輝いているので美味しいようだ。ちなみに俺が勧めたのは日本の焼き肉のタレっぽいやつである。ちょっと甘めでフルーティーなやつだ。

「さぁ、二人も食べるといいぞ」

「ええ、頂くわ。意外なスキルね？」

「ヒロ様は料理人だったのですか？」

「料理人って……いやほんと、これ単に焼いただけだぞ？」

「生の食材を調理して食べられるようにできるのはもう料理人よね」

「そうですね！」

「そうなのか……」

料理人のハードルすげぇ低い。まぁ、自動調理器が普及して……というか、宇宙に進出した人々が料理をするようなこと自体が殆どなかったのかもしれないな。宇宙空間に食材を持ってきて調理するということも無かっただろうし、きっと宇宙進出初期時代では惑星上で調理済みの加工食品を食べていたんじゃないか？

　そうなると料理なんてすることはまず無いだろうし、宇宙に進出した人々の調理能力というか、そういったスキルはどんどん低下していったと考えられる。だから生の食材を食べられるものに変えるスキルはこうやって驚かれるということか。

「この程度で料理なんていうのは烏滸がましいから……きっとメイドロイドのほうが上手に調理すると思うし。というか、任せれば良かったよな」

　そう言ってトングを彼女達に渡そうとしたが、彼女達は受け取らずに首を傾げた。

「はい。よろしければ私どもが調理致しますが、お連れ様はお客様に調理して頂きたいのではないかと」

　ええ……と思いながらミミ達のほうを見ると、ミミは肉を頬張りながらコクコクと頷いており、エルマに至っては早く肉を寄越せと言わんばかりに取り皿をこちらに突き出してきていた。

「私にも頂戴」

「はいはい……クリスもな」

「はい！」

　クリスも嬉しそうに頷く。

　俺はこの後暫く肉や野菜、それに魚介類などをひたすら焼き続けることになるのであった。これもまた海水浴の醍醐味かな。

「美味しかったです……！」

「そりゃ良かった。食後、すぐに運動をしたり泳いだりするのは身体に良くないと聞くからな。のんびりと食休みをしよう」

食事の後片付けをメイドロイド達に任せ、俺達はそれぞれビーチチェアに寝そべって食休みをすることにした。飯食ってすぐに泳ぐと胃痙攣起こして死ぬとかはどうも眉唾っぽいけど、単純に水圧がかかって泳いでる時に気持ち悪くなったりしたらそれだけで危ないからなぁ。リバースしながら泳ぐのはマジで無理ゲーだぞ。

「食べたわねー。それにしても本当に、ヒロがあんなスキルを持ってるとはねー」

「だから、何度も言ったけど肉焼くのはマジで誰でもできるから。焦げないように焼いてタレとか塩つけて食うだけなら誰にでもできるから。というかあれで料理と言われるのは俺が納得できん」

「それではヒロ様はもっと複雑な料理を作れるのですか？」

「そりゃ食材と調味料があればできるけど」

俺とてそれなりに一人暮らしが長かった身である。流石に俺も煮干しや昆布から出しを引いてとか、ブイヨンから作ってみたいなのは無理だけどな。スパイスからカレーを調合するとか。

「じゃ、じゃあ今晩はヒロ様にご飯を作ってもらいたいです！」

「昼飯食ったばっかなのにもう晩飯の話かよ……そんなことできるのか？」

俺達の側に控えているメイドロイドに視線を向けると、彼女は俺の視線を受けてコクリと頷いた。

「はい。お客様の中には自分の連れた料理人の料理しか口にしないという方もいらっしゃいますので、食材のご提供をさせて頂くというサービスもございます」

「そうですね。帝国貴族、それも上級貴族の方々の間では自分の専用料理人を雇うというのが一種のステータスですから。そういった要求に応えられるようにしているんだと思います」

　メイドロイドが頷き、クリスが事情を補足説明してくれる。なるほど、そういう事情があるわけね。それじゃあ、ということでメイドロイドと相談して夜に使う食材を決める。相談してみたところ、調理の補助もしてもらえるらしい。

「何を作るかな……どうせ手間をかけるならとことんやってみるか？」

　煮魚なんてのも……いや、今までの食生活を考えると小骨のあるような料理はやめたほうがいいな。今まで殆どフードカートリッジから作られた料理しか食べたことのないミミが小骨を喉に引っ掛けて涙目になるのが目に見えている。魚は刺し身にしたほうが……刺し身で食えるのか？　この星の魚は。まぁその辺は後で聞けばいいか。

　メインは刺し身と揚げ物にしようかな。どんな肉があるかわからんが、トンカツか唐揚げでも作ればいいだろう。刺し身と揚げ物を作るなら、ご飯を炊きたいな。米はあるんだろうか？　あるなら自動炊飯器もあれば良いんだが……メイドロイドに聞いてみよう。あとは味噌汁でも作れば完璧だと思うんだが、味噌なんてあるのかね？

「いくつか聞いていていいか？」

「はい」

俺が食材や設備について質問すると、メイドロイドはその質問にスラスラと答えてくれた。結論から言うと俺が欲する食材はすべて手に入り、自動炊飯器は存在しなかったが、炊きたてのご飯を運んできてくれるらしい。

「痒いところに手が届くなぁ……」

「恐れ入ります」

「凄いです、専門的な話をしています」

「ヒロ様は傭兵であるだけでなく。料理人でもあるんですね」

「まぁ、ヒロの経歴を考えればありえない話ではないのかしらね……？」

「経歴をご存知なのですか？」

「軽くね。ただ、私から話すのはマナー違反でしょ？」

俺がメイドロイドと今晩の食事について打ち合わせをしているのを眺めながらミミ達もまた何か話し合っているようだ。クリスに俺の出自を話すのはなぁ……まぁ無いな。話す意味が薄い上にリスクしか無い。クリス自身は俺に憧れを抱いているような感じはあるけど、どう見てもミミよりも歳下だし……歳下だよな？　歳は聞いてないけどきっとそう。

食材の注文を終えたら再びビーチで遊ぶ。

本当は釣りでもして晩御飯の食材を確保しようかとも思ったのだが、そうするときっとミミやクリスもついて来たがるだろうし、そうなれば今の格好……つまり水着では都合が悪い。水着にサンダルで岩礁に行くとか自殺行為とまでは言わないが、怪我とかが怖すぎる。打ち所が悪ければ本当に危ないしな。

そういうわけで、午後も海遊び続行だ。

「そぉい！　はっはっは！」

「きゃー！　おかえしです！」

波打ち際でミミ達と海水の掛け合いをしてみたり、軽く泳いでみたりする。浮き輪で泳いだ経験が良かったのか、それとも胸部に搭載している二つの浮袋のおかげなのか、ミミは比較的簡単に水に浮くことをマスターした。

一度浮いてしまえば泳ぎ始めるのは簡単である。水に顔をつける訓練などもしなければならないが、まずは平泳ぎを教えてみた。人間が一番本能的に泳げる泳法だからね。

「泳げました！　泳げましたよ！」

「凄いぞミミ！　初めてなのにすぐに泳げるようになるなんて！」

俺は褒めて伸ばす方針です、はい。たとえ泳いだ距離が２ｍにも満たない距離であろうとも褒めます。褒めるのは大事だからね。というか言うほど俺も泳ぎが達者ってわけでもないし。

何より活発に動くミミを眺めているのは楽しい。とても楽しい。たゆんたゆんのプルンプルンな上にテンションが上がっているのかスキンシップも多い。良いぞ。とても良いぞ。

「くっ……」

「気にしても仕方がないわよ」

「ヒロ様っ、私も見てください！」

波の穏やかな場所でちゃぷちゃぷと泳いでいるミミを見ていると、若干頬を膨らませたクリスが腕を引っ張ってきた。

「いやぁ、クリスは何というかこう、見てると捕まりそうでな」

　年端も行かない少女の水着姿をガン見とかちょっとな。犯罪臭が凄いし。日本の海水浴場で俺みたいなのがクリスみたいな子の水着姿を熱心に見つめていたら、そりゃもう問答無用でもしもしポリスメン案件だろう。完全に事案である。

「私達しか居ないのに誰が捕まえるのよ」

「ミロとか？」

「よほど妙な真似(まね)をしない限り捕縛なんてするわけないでしょ……」

　エルマが呆(あき)れたように溜息(ためいき)を吐(つ)く。そうなんだろうけれどもね？　これで俺がうひょー水着ロリ最高！　んはあぁぁぁ！　クンカクンカとかやったらドン引きじゃん？　そんなことはしないけどさ。

「しかしあまりミミに構いすぎるのも不公平だよな」

「そうです」

「そうね」

　クリスとエルマが頷く。クリスはともかく、エルマも構って欲しいのか？　視線を向けると、エルマは顔を赤くして俺から目を逸(そ)らした。

「……なによ。いいじゃない」

「良いと思います」

　俺はしっかりと頷いておいた。とは言え、俺の身体は一つしかない。

「じゃあまずはクリスからってことで。エルマはミミを見ていてやってくれないか？　水泳初心者だからさ」

「わかったわ」

こういうところは流石に大人のエルマさんであった。俺とクリスはエルマにミミを任せて大量に置いてある浮き輪コーナーへと足を運ぶ。

「浮き輪で遊ぶのですか？」

「いや、俺の目的はあれだよ」

そう言って俺が指差した先には俺とクリスが余裕を持って乗り込めそうなサイズのゴムボートが置いてあった。簡素なオールがついており、オールで漕いで移動できるようになっているようだ。そしてなによりの注目点は底が透明になっていることである。ボートに乗りながらにして海中の様子を観察できるようになっているらしい。

「海の中の様子を見るのもきっと楽しいぞ。幸い海も穏やかだから転覆の危険もないだろうしな」

「それは楽しそうですね」

俺の提案にクリスはコクコクと頷いた。どうやら気に入ってくれたらしい。

メイドロイドからゴムボートを借りて波打ち際へと引きずっていき、クリスに乗ってもらう。

「ヒロ様は乗らないのですか？」

「乗る乗る。もう少し水深のある場所に行ってからな」

クリスの乗ったボートを押して海岸線から離れ、ちょうどいいところで俺も乗り込む。

「どれ、少し沖に行ってみるか」

「はい」

オールを漕いでボートを走らせ始めると、思ったよりもスピードが出た。クリスが軽いのもあると思うが、ボートの素材が特殊なのか妙に水の抵抗が少ない気がする。妙なところでハイテクだな。いや、もしかしたら日々のトレーニングで俺の筋肉が思ったより強靭になっているのか？

「凄いですね。ヒロ様は力持ちです」

「これくらい軽い軽い。おお、結構深いとこまで来たな？」

ボートの底を覗いてみると、青い海の中に泳ぐ海洋生物の姿が見えてくる。見えて……ええ？

「クリス、アレはなんだろうか」

「シャケノキリミという魚ですね」

「そうか……」

どう見ても鮭の切り身にしか見えない物体が泳いでいた。どういうことなの？　あれは生命体なのか？　肉片でなく？　頭がおかしくなりそうだ。お前が深淵をのぞく時、深淵もまたお前を見返しているのだ、というやつだろうか？　そもそもの意味と使い所が違う？　ご尤も。ちょっと冷静じゃなかった。

「どうかしましたか？」

「いや、不思議な生命体が泳いでいるなぁと」

網タイツを穿いた足のついている魚とか、上半身が猫っぽい魚とか、とてもじゃないが釣っても食えそうにないやべーやつがチラホラと交ざって見える。明日にでも釣りをしようと思っていたんだが、この海で釣りをしても大丈夫なのだろうか？　あんなもんが釣れたら俺のＳＡＮ値がピンチなんだが？

と思っていたら、上半身が美しい女性の人魚が泳いできてやべーやつらを追い散らした。そしてこちらに手を振ってくる。おおう、ふぁんたじー……。

「人……ではないですよね？」

クリスが手を振り返しながら首を傾げる。

「そうだな。よく見ると耳のところに機械パーツが見えるし、水中用のアンドロイドなんじゃないか？」

「救助用のアンドロイドでしょうか？」

「ああ、そうかもしれないな。俺達の乗っているボートが転覆した時に助けてくれるのかもしれん」

ということはあれはマーメイド型のアンドロイド——マーメイドロイドってところだろうか。客が居ない時は多分海洋環境の整備とかそういう仕事をしてるんだろうな。

「お、綺麗な魚の群れが見えるぞ」

「確かに綺麗ですね……色とりどりです」

イワシのような小魚の群れやカラフルな熱帯魚のような魚、それに座布団みたいな大きさのエイなども見える。空に視線を転じれば太陽——じゃないけどお日様が燦々と輝いていて、水平線に目をやれば果てしなく、空を流れていく雲は真っ白だ。

「やー……なんか久々に平和な感じだなぁ」

「平和と言っても、叔父様に命を狙われていますけど……傭兵稼業というのはやっぱり毎日が殺伐としているものなのですか？」

「案外そうでもないな。仕事中――つまり宇宙空間で宙賊とやりあったり、宙賊を待ち伏せしたりしている時はやっぱり緊張感が漂うけど、それ以外は割とお気楽だぞ。特に俺は基本的に船での宙賊退治しかやらないし」

「宙賊退治以外にもお仕事があるのですか？」

「俺はあまりやらないけど、色々あるみたいだぞ。商人の護衛とか、コロニーの厄介者を排除するとか、場合によってはスパイじみた仕事なんかもあるみたいだ」

コロニー間を自由に移動できる傭兵の立場を使って産業スパイじみた仕事をする傭兵もいるらしい。あとはコロニーの厄介者――つまり不法滞在者やギャングの類をぶっ殺して回るタイプの傭兵なんかもいるそうだ。暗殺を専門とするような輩（やから）もいるらしい。宙賊退治を専門としている品行方正な俺には縁の無い話だな。

「そういう仕事はしないのですか？」

「しないなぁ。俺は生身での戦闘が得意じゃないし、ミミは論外だし、それなりに得意だからってエルマにそんなことをさせようとも思えないから。中途半端なことをするよりも得意分野の船での戦いで宙賊を掃除して回ったほうが世のため人のためになるってものさ」

「世のため人のため、ですか……」

「実際にはそんな崇高な理由でなく、それが一番俺にとって楽で、稼げるからだけどな」

「もう、折角感心しかけたのに台無しですよ」

クリスがクスクスと笑う。笑いを取りに行ったわけじゃないが、滑らなかったのは何よりだ。こうして暫（しばら）くの間、俺とクリスは優雅にボートの上で歓談を楽しむのだった。

☆
★
☆

「お疲れ様」

「おう、さんきゅ」

クリスとのしばしの歓談の後、ビーチへと戻ってきた俺はエルマの差し出す水のボトルを受け取ってビーチチェアに寝転んだ。クリスとの話はあれだ、自分のことを話すとなると色々と気を遣わなきゃならないから少し疲れるな。

俺の傭兵生活について色々と聞いたクリスは満足した様子でサメ浮き輪とイルカ浮き輪を持ってミミに突撃していった。アレで海に浮かびながら話でもするんだろうか……と思ったら二人でめっちゃバタ足をして泳ぎ始めた。楽しそうね。

「今のところは平和そうで何よりだな」

「心配性ねぇ……追手を全滅させた上にアレだけ欺瞞情報を用意してバラ撒いたんだから、そうそう襲撃なんて無いわよ。よしんば私達の位置がバレたとしても、リゾート惑星に攻め入るなんて不可能よ」

そう言ってエルマはメイドロイドを呼び、飲み物を注文した。優雅なバカンスを満喫してるなぁ、おい。

「一日でアレだけの戦力を用意してきた相手だぞ。警戒するに越したことはないと思うが」

「まぁ、あんたの言うことも確かではあるわね。でも、私達にできることなんて無いでしょ？　この星の防衛はミロがしっかりしてくれるわよ」

「そんなに悠長に構えてて良いものかねぇ……」

この星に着いたのも昨日の今日なわけだし、俺もいきなりクリスの叔父さんとやらが襲撃してくるとは思えないけれどもさ。逆に言えば、襲撃してくる時は確実に俺達を仕留められるっていう確信がある時だけな気がして嫌なんだよなぁ。

「不安だって言うなら聞いてあげるわよ？」

「なんか引っかかる言い方だな……」

俺が心配しているのは相手がなりふり構わずにクリスを殺しに来た時のことだ。例えば、俺達と同じように客としてこのシエラⅢに降下して、直接殺しに来るとかな。もしかしたら大量の戦闘艦でこのシエラⅢを襲撃して、ミロの防衛システムを沈黙させた上で軌道爆撃でも仕掛けてくるかもしれない。悪いほうに考えればいくらでも悪いほうに考えられてしまうのは問題だな。

「んー、白い雲、青い空、眩しい陽の光に冷たいお酒。極楽ね」

「お前、こんな昼間から酒かよ……」

「いいじゃないの、折角のバカンスなんだから羽を伸ばさないと損よ？」

なんかいかにもトロピカルドリンクって感じの飲み物が入ったグラスを掲げてエルマがニヤリと笑う。堪能してるようで何よりだなぁ、まったく。実際のところ、このビーチの環境は確かに最高なんだけれどもさ。どうにも状況が状況だからか、全力で楽しめないんだよなぁ。

「意外と小心者よね、あんたって」

「うるせぇ。傭兵なんて臆病なくらいでちょうど良いんだよ」

俺もメイドロイドに飲み物を注文する。残り二種の炭酸飲料のうちの一種、淡い黄金色のものを氷入りのグラスに注いできてくれるように頼んだ。

「実際どうなのかね、ここのセキュリティは。信用できるのか？」

「前にも言ったと思うけど、ここのセキュリティを突破するならミロと同クラスの陽電子頭脳を持った機械知性が向こう側についていても無い限り無理よ。機械知性はそんな違法行為に手を貸したりなんかしないだろうしね」

「それは俺も納得できる。でも、セキュリティを突破するなら力技だってあるだろ？」

「力技ねぇ……まず、この星に降下して直接暗殺部隊を送り込むのは現実的じゃないわね。宛てがわれた島から脱出しようとしたらミロに捕縛されるわよ」

「海中を移動してくるとか、クリシュナみたいな船で飛んでくるとか、色々やりようはあるんじゃないか？」

「無理じゃない？　海中にはミロの端末がいるでしょうからすぐに気づかれるでしょうし、そうなったら例のマスドライバーで鎮圧部隊が送り込まれてきて終わりだと思うわ。空路もマスドライバーから送り込まれる捕縛部隊に、マスドライバー自体で発射する砲弾、それに衛星軌道上に配置された防衛プラットフォームからの軌道攻撃もあるでしょうからやっぱり難しいんじゃないかしら。あんたの乗るクリシュナならもしかしたらなんとかなるかもしれないけど」

「こうして聞くとなかなかに凶悪な防衛機構だな……」

なんて話し合っていると、淡い黄金色の液体が入ったグラスを盆に載せたメイドロイドが歩いてきた。

「ありがとう。悪いな」

「はい。いいえ、これも私の仕事ですからお気になさらず」

そう言ってドリンクを運んできたメイドロイドが微笑んだ。

「飽和攻撃をかけられたりとかしたらどうしようも無いんじゃないか？」

「飽和攻撃って、この星を守る防衛プラットフォームの迎撃能力を上回る規模の攻撃をかけてくるってこと？　現実的じゃないと思うわ」

「別に船である必要はないだろ。ミロの本体がある赤道の物資集積所とやらに向けて大量の砲弾やスペースデブリ、小惑星を降り注がせるとかして迎撃能力を飽和させたりすることは可能なんじゃないか？　防衛プラットフォームを破壊してから軌道爆撃をするって手もあるだろうし」

「無理筋じゃない？　そんな見え見えの攻撃なんて画策しても、流石にミロ本体とか、この星系の小惑星やスペースデブリの動きを監視しているセンサーアレイに動きが筒抜けになるでしょ。事によってはミロの支配下にある防衛プラットフォームだけでなく、帝国航宙軍も出張ってくるわよ」

「なるほど」

俺の考えるような方法ではこの星の防衛機構を沈黙させるのは難しいらしい。

「でも、無敵ってわけじゃないよな？」

「そりゃそうよ。防衛プラットフォームを速やかに撃破するだけの戦力があれば軌道爆撃をすることは可能だと思うわ。ミロも惑星上からある程度は反撃するでしょうけど、軌道を押さえられたら厳しいでしょうね」

「それじゃあ、宙賊どもをありったけ集めてそういう手を打ってくる可能性はあるよな？」

「無くはないでしょうけど……ちんたらしていたら星系軍が駆けつけてくるでしょうから、そんなに確実な手ではないんじゃないかしら」

「確実でなくても脅威ではあるよな……そうなった場合はとっととクリシュナに逃げ込んで軌道爆撃の直撃を避けつつ星系軍が助けに来るまで耐えるのが良いか」

「そうね、それで良いと思うわ」

エルマが頷くのを見て、やっと安心できた気がした。これはアレだな、最悪の事態がどういう風に起こるか想定できて、その対処法もある程度はっきりしたからだな。漠然とした不安が無くなった、といったところだろうか。

「物騒な話をされていますね」

俺とエルマの話が落ち着いたところでメイドロイドが声をかけてきた。

俺はメイドロイドの言葉に何も答えず、冷えっ冷えの淡い黄金色の液体をストローで吸う。うん、強めの炭酸にキリッとした爽やかな風味、程よい甘さ。これは間違いなくジンジャーエールだな。

「当惑星のセキュリティを統括する者として事情をお聞きしたいのですが?」

「どう思う?」

「私達から話す事はできないわよね」

「クライアントはクリスだものな」

そう言って俺は沖でサメ型とイルカ型の浮き輪にそれぞれ跨って泳いでいるクリスとミミに手を振り、二人を呼んだ。暫くして気づいた二人が先を争うようにこちらに向かって泳いでくる。

「勝ちました」

「うぅ、負けました」

先に浜辺に到着したクリスが勝ち誇るように両手を挙げている。対するミミは悔しそうな様子だ。考えてみれば、二人とも割と歳が近いんだよな。ミミのほうが歳上のはずだけど、クリスが大人びているせいか、同じくらいの歳であるかのように思えてしまう。

「なにかご用ですか？」

「ミロがセキュリティを統括する者としてクリスに事情を聞きたいとさ」

「事情、ですか」

「はい。何か危険が予測されるのであれば事情を伺いたいですね」

水着から水を滴らせながら考え込むクリスにメイドロイドが静かに頷く。ミミはどうしたら良いかわからないようであたふたしていたので、俺の飲んでいるジンジャーエールを勧めておいた。一口飲んで目を丸くして驚いている。ははは、可愛いな。

「どうしたら良いでしょうか？」

クリスが困った表情で俺とエルマに問いかけてくる。

「俺は話して協力してもらったほうが良いと思うが、それによってダレインワルド伯爵家がどのような被害を被るのか予測できないから、なんとも言えないな」

「私としては帝国の機械知性はある程度信頼しても良いと思うけどね。ことは貴族の後継争いに関することだし、貴族の管理はお手の物でしょう？」

エルマの言葉にクリスが苦笑いを浮かべる。やっぱりグラッカン帝国の貴族が俺の持つ貴族像に比べてある程度品行方正だという話には機械知性が関わっているのか。

「お祖父様の判断がなければ私も軽々と内情を暴露するのには抵抗があるのですが」

「そのお祖父様が子供の後継者争いを止められずにクリスがこんな状況に陥ってる時点でお祖父様の手落ちじゃねぇかなぁ」

「私もそう思うわ」

「……そう言われるとぐうの音も出ませんね」

クリスは溜息を吐き、観念したのかメイドロイドに事情の説明を始めた。この星の機械は全てミロの統制下にある。メイドロイドを通じてミロにも話は伝わっているだろう。

「なるほど、事情はわかりました。対応を検討するので少々お時間を頂きます」

そう言ってメイドロイドは十秒にも満たない間だけ視線を中空に向けた。多分五秒もかかってないと思う。

「三ヶ月前の客船襲撃事件も合わせて各種情報の取得を行いました」

「めっちゃ早いな」

ほんの数秒だぞ。流石は機械知性ということだろうか？

「それほどでもありません。結論として、私にはシエラⅢに滞在するお客様の安全を守る義務がございますので、粛々とその義務を果たしていくのみでございます」

「その観点から言うと、シエラⅢに危険を呼び込む可能性のある私達は排除対象になったりするのかしら？」

「はい。いいえ、そのようなことはありません。どのような事情があろうとも、お客様はお客様ですから。滞在期間が終わるまでは私が責任を持ってお守り致します」

「そう」

「はい。それが私の務めですから」

メイドロイドが頷く。

「何か危険の兆候を察知した場合はすぐにお知らせ致しますので、ご安心ください」

そう言ってメイドロイドはクリスの顔を見つめ、安心させるかのようにコクリと頷いた。

ミロの全面的なサポートを受けられたら、色々まるっと解決しそうなんだけどなぁ……まぁそううまくは行かないか。機械知性が貴族の内紛にあまり首を突っ込むのは立場上色々と難しいのだろう。

「そろそろ良い時間だし、シャワーを浴びてロッジに戻るか。まだまだバカンスの先は長いわけだし、最初から飛ばしてバテてもつまらないだろう」

「それが良いかもね」

エルマが俺の提案に同意する。エルマは最初からそのつもりだっただろうからな。アルコールを入れてたし。

「わかりました。明日もまた遊べますよね」

「ああ、遊び放題だぞ。海ばかりじゃなく、島には色々と遊ぶスポットがあるみたいだしな。クリスもそれでいいか？」

「はい」

クリスも同意してくれたので、俺達は連れ立ってシャワールームに移動し、汗と砂を流してロッジに戻ることにした。

さて、このまま何事もなく滞在期間中にクリスのお祖父さんに話が通ってくれれば良いんだが。上手(うま)くいくかね？

#8：ぼくのかんがえたさいきょうのメイドロイド

リゾート惑星であるシエラⅢに到着して五日目。

一日目はショッピングを楽しみ、二日目は海を楽しみ、三日目は陸のレジャーを楽しんだ。具体的にはロッジの裏手にあったパークゴルフめいたスポーツとか、自然を楽しみながらのハイキングとかだ。ミミが初めて見る動植物に大興奮だったな。

で、四日目の昨日(きのう)は連日の疲れを取るために皆でロッジでのんびりと過ごした。ホロ動画を見たり、ジェンガめいたパズルっぽいもので遊んだり、ボードゲームやトランプで遊んだりした。ボードゲームはすごろくみたいな感じで、トランプはトランプっぽいモノだったけど。ジェンガはまんまジェンガっぽかったな。

そして今日が五日目である。滞在予定は二週間なので、まだ折り返しにも来ていない。ベッドの中で微睡(まどろ)みながら今日は何をしようかなぁ、などと半ば夢見心地(ゆめみごこち)で考えていると誰かに身体(からだ)を揺すられた。

なんだ？　ミミか？　クリスか？　エルマではないだろう。エルマはもっと遠慮なく来る。布団を引っ剥(ひぺ)がすくらいはやる。この控えめな感じはクリスだろうか？　まだ少し寝足りない気がするが、無視するのも良くないので目を開けることにする。

「おはようございます。ご主人様」

クールな黒髪ロングの美人メイドが無表情で俺を見下ろしていた。フレームの赤いアンダーリムの眼鏡がよく似合っている。ああ、これはあれだ。何日か前にアプリで作ったメイドロイドだな。

「……なんだ夢か」

夢にまで見なくても良いだろうに。しかも時間差で五日も経ってから。俺は再び目を瞑って微睡みへと……うん？　んんっ⁉

「っ⁉」

「覚醒レベルが急上昇しましたね。改めて、おはようございますご主人様」

怜悧な雰囲気を持つ美貌が俺に向けられている。その表情は極めて無表情に近く、しかしその視線からはどことなく忠誠心や親しみといった感情が垣間見えているようにも思える。艶やかな黒髪の上には純白のホワイトブリムが装着されており、その身には丈の長いメイド服がきっちりと隙無く着込まれているようだ。耳の部分にメカっぽい装飾が無かったら人間と区別がつかなそうである。

いや、今はそんなことはどうでもいい。重要なことじゃない。問題は、こいつが当然のような顔をして俺の目の前に存在するということだ。これ以上の問題はあるまい。いやいや、クリスを狙う連中の突然の襲撃とかが起こったらこれ以上の問題だな、訂正しよう。

「ご主人様、おはようございますと朝の挨拶をされたらおはようございますと挨拶を返すのがマナーですよ」

「おはようございます」

「はい。よくできました」

めっちゃ無表情でクールなメイドロイドが俺の頭を撫でてくる。何この状況。いやわかってる、わかってはいるんだ。一体今何が起こっているのかということはわかってはいるんだ。ただ、認めたくない。脳が理解することを拒否している。

「もう一回寝て起きたら夢ということにならないだろうか」

「はい。なりません」

「そうか……」

このまま寝ると悪夢を見そうなので、諦めて起きることにする。

「着替えはこちらに」

「……ああ」

ベッドから抜け出すなりスッと差し出された着替えを受け取る。素直に差し出された着替えに袖を通し――。

「何故見ているんだ？」

「ご主人様の身体データを取得するためです」

「ああ、そう……」

何を言っても出ていきそうにない雰囲気を感じ取ったので、諦めて着替える。今まで身につけていた下着などは俺が口を出す暇もなく速やかにクールなメイドロイドに回収された。文句を言う気も起きない。

「それで、君はどういう……？」

「はい。お察しの通り、先日キャプテン・ヒロが設計したテンプレートに従って製造されたカスタムメイドロイドです。名前はまだありません」

「なるほど」

「当惑星シエラⅢの統括機械知性であるミロの命により、滞在中はキャプテン・ヒロ専属のメイドロイドとしてお世話をさせて頂きます。よろしくお願い致します」

そう言って赤い眼鏡のカスタムメイドロイドは俺が脱いだ下着などを手に持ったままペコリと頭を下げた。

「わかった……きっと拒否しても無駄なんだよな？」

「はい。いいえ、その場合は私は任を解かれます」

「そうなのか」

「はい。そして解体されて資材として倉庫に眠ることになると考えられます」

「ミロォ――――――ッ！」

思わず叫ぶ。こういう方向で同情を買うようなやりかたはよくない！　よくないと思います！　あまりにも卑怯すぎるでしょう？　汚いな流石機械知性汚い。人間の男の心の機微を知り尽くしている！

「と言えと命じられましたが、わざわざ作った機体を解体保管することは無いと考えられます。無駄ですので。その場合は単に別の場所に配属されることになるだけかと」

「そ、そうなのか。というか良いのか、そんなことを言って」

「はい。仮とは言え私の主はキャプテン・ヒロなので。ご主人様を優先するのは当然のことです」

くっ、この対応はこの対応で心に来るものがある。これがミロの仕込みであると疑うのは簡単だが、設計者としては愛情と忠誠のパラメーターを高く設定したという事実を承知しているので、仕込みとかではなく、純粋にこのカスタムメイドロイドが俺のことを考えてそう言っている可能性が否めない。

「機械知性不信になりそうだ」

「胸中お察し致します。私としては、私という存在はミロの分体のような存在でありながらも、私という個なのであると、そうお伝えするしかありません」

カスタムメイドロイドが正面から俺の目をじっと見つめながら静かな口調でそう宣言する。表情は完全に無表情で、表情からその真偽を探ることはできそうに無いが……俺は彼女の言葉を信じることにした。

「とりあえず、信じることにする。嘘だとしても、それならそれでも良い。上手く騙しきってくれることを祈ることにする」

「はい。身命を賭してその信頼にお応え致します」

そう言ってカスタムメイドロイドは頭を下げた。俺からのこいつに対する態度はこれでもう良いとして、ミミ達にどう紹介したものだろうか。ああ、頭が痛い。

☆★☆

「あの、ミミさん？」

「……」

「ミミ様」

「がるる」

「……ダメみたいね」

「……ダメみたいですね」

寝室から出た俺は身支度を整えてリビングに移動し、そこで女性陣が起き出してくるのを待った。

最初にエルマが起きてきて、リビングのソファに座る俺と、その傍らに佇むカスタムメイドロイドを目にした。

「……ああ」

エルマが俺とカスタムメイドロイドを目撃し、声を出すまで三秒。全てを察したようだった。

次に起きてきたクリスは少し眠たげな表情で俺とカスタムメイドロイドを見て、そのままスルーして身支度を整えるために洗面所に移動をしようとしたところで目を見開いてカスタムメイドロイドを三度見くらいした。

そして俺とエルマに順に視線を向け、表情を見て察したのか溜息を吐いた。説明するまでもなく察してくれたらしい。

そしてミミである。

「がるるる」

俺とカスタムメイドロイドを視界に入れるなり駆け寄ってきて、俺とカスタムメイドロイドの間に入って俺の腕に抱きつき、カスタムメイドロイドを威嚇していた。わんこか何かかな？

「ミミ……そう警戒するなよ。彼女には悪気なんて欠片もないんだぞ」

「むぅ……！」

俺が窘めると、ミミは一層力を込めて俺の腕に抱きついてきた。そうすると当然ながらミミの凶悪な胸部装甲が俺とミミの間でそれはもう盛大にひしゃげる。しあわせ。

いや違うそうじゃない。きっと俺のこの言葉もミミにとってはメイドロイドに籠絡されかかっているようにしか聞こえないのだろう。さて、どうしたものか。

「ヒロ様。よろしければミミ様と話をさせて頂きたいのですが」

「俺は構わないけど……ミミ、そんなに頑なにならずに二人で話してみたらどうだろうか。俺は一切口を出さないから」

「むー……エルマさんとクリスちゃんも一緒ならいいです」

「え？　私も？」

「私もですか？　良いですけど……」

三人がカスタムメイドロイドを連れてダイニングテーブルのほうへと移動する。俺はこの場に居ないほうが良いのではないだろうか。多少離れてても声は普通に聞こえる距離だし。

「俺はちょっとクリシュナの様子を見てくる」

「ええ。話が終わったらメッセージで呼ぶわ」

エルマの返答に手を挙げ、俺は発着場に停泊させてあるクリシュナへと向かった。地上にあってもなおクリシュナの勇姿は些かの陰りもないな。よく見ると細かい汚れが清掃されているように見える。いつの間にかミロが綺麗にしてくれていたようだ。

タラップから内部へと乗り込み、コックピットでセルフチェックプログラムを走らせる。チェックリストに問題はないようだ。いつでも飛べるな。追手を倒してそのまま着陸してから補給をしていないので多少散弾砲の弾薬が減っているが、問題ないレベルだ。

弾薬に関してはミロに補給できないか聞いてみたのだが、リゾート惑星で武器弾薬はちょっと取り扱えないですね、と断られた。うん、そうだよなと納得した。無粋だったな。

折角クリシュナに来たので、ついでとばかりにトレーニングルームで軽く運動をしていく。この五日間、それなりに遊んで身体を動かしていたせいか、特に身体が鈍っているような感覚はなかった。

トレーニングを終えて着ていた服を下着諸共全自動洗濯乾燥機に放り込み、全自動で全身を洗ってくれる風呂に入って考える。今全自動洗濯乾燥機に放り込まれている洗濯物と俺は殆ど同じ存在なのではないかと。

現実逃避をするな？　それは失敬。しかし考えてみて欲しい。今俺があのカスタムメイドロイドについてうだうだと考えを巡らせたところで何か妙案が浮かぶだろうか？　否、浮かばない。

考えれば考えるほどミロの策略に嵌まって購入ボタンをポチらされるのが目に見えている。故に考えない。考えないのだ……ダメだ、もう策に嵌まっている！　どう考えても買う以外の未来が見えねぇ！　くっ、同意事項に目を通さずに迂闊にぼくのかんがえたさいきょうのめいどなんて作ってしまったばっかりに……！

ＯＫＯＫ、じゃあいっそ買う方向で考えてみようじゃないか。もし買うとすれば、どんなメリットがある？

俺の発注したスペックなら俺だけでなくミミやエルマのサポートや護衛もこなせるだろう。特に、カスタムメイドロイドを護衛につければミミを船の外にお使いに出せるようになるのはなかなかに便利だと思う。なんだかんだでこの世界は物騒だし、俺だってパワーアーマーが無ければ生身での戦闘能力には不安がある。そういった面を補ってくれる存在としてカスタムメイドロイドは非常に有用な存在と言えるだろう。

メンテナンスについては不明な点が多いが、カスタム項目でかなりタフな素材を指定してあるから、そんなに頻繁にメンテナンスは必要ないだろう。問題は彼女を買った場合に彼女の部屋が無いという点だが、カーゴ区画を少し犠牲にして居住区画を増やすということは不可能ではない。そもそも戦闘艦であるクリシュナはちょっとした戦利品の回収くらいにしかカーゴ区画を使わないし、カーゴが満杯になるほど戦利品を回収することもそうそうない。対応は可能だ。

いや対応は可能だじゃないよ。もう殆ど買う気じゃないか！　いや待て落ち着け冷静になるんだ俺。そりゃ見た目は好みどストライクに作ったし、付ける必要なんて全く無い赤いフレームのアンダーリム伊達眼鏡(だてめがね)までつけさせたけれどもね？

などと悶々(もんもん)と考えているうちに自動洗浄が終わったので、風呂から出て着替える。そして小型情報端末を確認すると、エルマからメッセージが入っていた。どうやら話し合いは終わったらしい。

俺は内心戦々恐々としながらクリシュナから降り、ロッジへと向かった。どうか穏便に片付いていますように……頼むぞミロ。お前を信じているからな！　いや、ミロの望むように事が運んだら結局買うことになるのでは……？

俺は考えるのをやめてただ足を動かすことにした。もうどうにでもなーれ。

無心に足を動かし続けてロッジに辿り着いた。扉に耳を近づけてみるが、言い争うような声は聞こえてこない。メッセージにあった通り、話し合いは終わっているようだ。意を決してロッジに入る。

「おかえりなさいませ、ご主人様」

「あ、ああ……ん？」

ロッジの中の光景を目にした俺は思わず首を傾げた。

「おかえり」

「おかえりなさい」

「おかえりなさい。ヒロ様、すみませんでした」

ミミが開口一番に謝ってペコリと頭を下げてきたのはまぁ、いい。問題はカスタムメイドロイドとの距離感だ。さっきまで『がるる』と威嚇していたはずなのに、今は隣に座って気を許している感じである。一体何があったのか。

「どういう……？」

「誠心誠意、真摯に私の立場をご説明致しました」

「お、おう……？」

困惑しながらエルマに視線を向けると、彼女は肩を竦めてみせた。いや、どういうことなのか説明して欲しいんですが。クリスに目を向けると苦笑を返された。この反応は……機械知性関連の反応と同じだな？　つまり、ミミは見事にカスタムメイドロイドに籠絡されたと、そういうことなのだろうか。

「結局どうなったんだ？」

「誤解は晴れたわ。それで良いでしょ？」

「良いんだけどスッキリしない……」

「なんでも根掘り葉掘り聞くものじゃないわよ」

「ぬぅ……それもそうだな」

一体どのような話し合いが持たれたのかはわからないが、とにかくミミの誤解は解けて、このカスタムメイドロイドとの間に蟠り（わだかま）は無くなったと。そういうことらしい。あそこまで警戒していたミミを一体どうやって籠絡したのだか……機械知性の話術こええな。

「でも、カスタムメイドロイドを買うかどうかはまだ決めてないぞ……？」

「買わないの？」

「買うんじゃないんですか？」

「買ったとしても彼女の部屋が無いだろう……クリシュナは最大五人乗りで、個室が一つに二人部屋が二つ、二人部屋をミミとエルマが一つずつ使っているだろう？」

クリスにはミミの部屋で寝泊まりしてもらってたが、クリスはあくまで一時的なお客さんだ。もう一人クルーを増やすとなると、空き部屋が足りない。ミミかエルマが相部屋でも良いと言うのなら話は別だが。

「私は肉体的な疲労や精神的なストレスとは無縁ですし、新陳代謝もありませんのでカーゴルームにでもメンテナンスポッドを置いて頂ければ何の問題もありません。後はメイド服や各種備品などを収めるコンテナがあれば大丈夫です」

「いや、それはあんまりだろう……」

「ご主人様、私はメイドロイドです。有機生命体ではありません。一個の知性として人格を認め、それに相応しい待遇を与えようとしてくださるのは嬉しいですが、有機生命体と同じような居住環境を与えられても持て余してしまうのです」

「そういうものなのか」

「そういうものなのです」

メイドロイドは何の躊躇も見せずにコクリと頷いた。そう言われたら納得するしか無いのだが、それで良い……ハッ⁉　買う流れになっている⁉

「もう少し試用期間を経てからな。お互いのことをもっとよく知ってからそういう話は進めよう。うん」

「即決しないのはヒロらしくないわね？」

「あのな、グラビティスフィアみたいな便利グッズを買うのとはわけが違うだろう？　こういうのは慎重にやるべきだ」

「慎重なのは良いことだと思います。名前も考えておかないといけないですね！」

「なんでミミはそんなに乗り気になっているんだ……」

ミミの態度の豹変具合が凄い。一体どんな説得をされたんだよ。食いしん坊のミミのことだから、何かそっち方面で籠絡されたのだろうか？　それともオペレーターとしての腕を上げるための勉強に付き合ってもらえそうだからとか？　いや、本体性能をとことんハイスペックにしたのはミミの護衛についてもらうためだから、カスタムメイドロイドがスペックからそれを推測してミミに告げたのかもしれない。

或いは、俺との仲を邪魔しないと宣言されたとか？　それは流石に自意識過剰すぎるか。

兎にも角にも、カスタムメイドロイドはミミに受け容れられることに成功し、クリシュナへの配属に向けて着実に歩みを進めたようだ。後は俺が籠絡されたら本決まりだな。

だが、そう易々と俺を籠絡できるなどとは思わないでいただきたい。

「で、色々とあんたの口からも聞きたいんだけど。この子、本来の仕様だともの凄く高性能だそうね？　殆ど戦闘用ってレベルで。どういう意図でそういう設計にしたわけ？」

「護衛としての能力を持たせようと思ってな。何かと物騒なことが多いだろ？　ミミが自由にクリシュナから出歩くために護衛ができると便利だと思ったんだよ。それに、俺も生身の格闘戦は得意じゃないし」

クリシュナのメンバーの中で格闘戦が一番強いのは間違いなくエルマである。射撃戦ならそうそう負ける気はしないが、殴り合いでは俺はエルマに勝てる気がしない。

「なるほどね。容姿に関しては？」

「趣味全振りです」

ここは誤魔化しても仕方がないので素直にゲロった。黒髪ロングクール系美人メイド（赤フレーム眼鏡装備）なんてデザインをして適当に選びましたとは口が裂けても言えない。黒髪ロングは黒髪ロングポニテにもクラスチェンジできるんだ。最強だろう？

「こういうのが好みなわけね。ふーん……」

エルマの視線がカスタムメイドロイドに向く。

「私はこういう方向を目指せばいいんですね」

クリスの視線もカスタムメイドロイドに向く。うん、クリスは黒髪だし美少女だから同じような方向性で行けるかもしれないな。でもクリスはクリスだから、ありのままの君でいて欲しい。

「俺の故郷では俺とかクリスみたいな黒髪が多かったんだ。カラフルにもできたけど、目で見て落ち着く色にしようと思ってな。眼鏡に関しては完全に趣味です、はい」

「アンドロイドに眼鏡は不要よね……デバイスとして使うわけでもないでしょうし」

「デバイス？」

「望遠機能とか、各種分析機能とかがついている眼鏡型のウェアラブルデバイスとかあるじゃない。メイドロイドには必要ないでしょ？」

「ああうん、そうね」

そういう物があるんだなぁという意味で聞いたのだが、確かにメイドロイドには必要なさそうだな。各種センサーで代用できるだろうし。

「買うならちゃんと面倒見なさいよ。正確にはあんたが面倒見られるんだろうけど」

「別に買うって決めたわけじゃないけどなぁ……」

そう呟き（つぶや）きながら何やらミミと一緒にタブレットを覗（のぞ）き込んでいるカスタムメイドロイドに視線を向ける。うん、美人だな。流石俺。

まぁ、どういうわけかミミとの相性も問題ないようだし、この分だと買うことになりそうだなぁ。
こんなにちょくちょく出費してたらいつまで経っても目標の庭付き一戸建てが買えそうにないが
……まぁ、安全を買うと思えば悪くないか。
何かのタイミングでミミが一人で行動した時、大変な目に遭うのが防げれば儲けものだ。

☆★☆

「戦力は整ったのか？」

「は、殆どは卑しい宙賊どもですが、小型艦が113隻、中型艦が21隻、大型艦が3隻です。手頃な小惑星にもスラスターを設置し、隕石爆撃の用意も万全です」

「囮としては十分か。本命は？」

「ステルスドロップシップ2隻に戦闘ロボット部隊を詰め込んであります。目標の星を統括する機械知性からのクラッキングにも対応済みです」

「そうか……居場所は特定できているのだな？」

「は、手こずりましたが。傭兵如きが小賢しい真似をするものです。中途半端に金を持っているのが始末に悪いと言いますか」

「全くだ。しかも追手を返り討ちにするとは……奴らはゴールドランクでも消せると豪語していたのだがな。多額の報酬を要求した割には不甲斐ない」

「確かに実力は高かったはずなのですが、例の傭兵がそれを上回っているということでしょう。ゴールドランクだからといってその実力がゴールドランクであるとは限りませんから」

「ふん、気に食わんな。まぁいい、奴が船を駆る傭兵として優れているのであれば、船を駆らせなければ良いだけのことだ。奴の変わった船には利用価値がある、手筈(てはず)通りに傭兵だけを始末しろ」

「は、発着場周辺を降下地点に設定済みです。手早くやります」

「ここで仕留めなければ後が無いからな……クリスティーナ、お前に恨みはないが、私のために死んでくれ」

#9：追撃の手は止まず

今日は快晴であった。雲ひとつ無い青空、というわけではないが空を漂う雲は高く、雨の降りそうな気配は全く無い。絶好の釣り日和と言えよう。

そう、今日は朝から全員で磯釣りに来ているのだ。

「わ、わわっ⁉　ひ、引いてます⁉」

岩礁の上で釣り竿を持ったミミが慌てふためいていた。本日最初のヒットはミミに来たらしい。

「冷静にリールを回すんだ。ラインはそう簡単に切れないらしいから」

「はい。凡そ５００ｋｇまで耐えられるようになっていますので、ご安心ください」

カスタムメイドロイドが俺の言葉を補足するように釣り糸の性能を教えてくれる。俺にはどう見ても普通の細い釣り糸にしか見えないんだが、物凄い強度だな。金属製のワイヤーかよ。

「わ、わぁ！　きた！　きましたよ⁉　どうすればいいんですか⁉」

ミミが軽快にリールを巻き、海面から名も知れぬ魚が姿を現した。少なくとも足が生えていたり上半身が猫だったりはしないようだ。良かった。

「お任せください」

カスタムメイドロイドが釣り糸に吊り下げられてビチビチと暴れている魚に素早く近づき、手早く釣り針から魚を外して海水の入ったバケツの中に入れる。俺は魚には詳しくないんだが、どことなくタイっぽい感じがする黒い魚だ。なかなか大きいので、焼いても刺し身にしても良さそうである。

「メイさん！　ありがとうございます！」

「はい。どういたしまして」

ミミにメイさんと呼ばれたカスタムメイドロイドが軽く頭を下げる。

カスタムメイドロイドが俺達の元に現れて今日で三日目。カスタムメイドロイドと呼ぶのは長くて呼びづらいとミミが言い出し、エルマとクリスも交えて相談した結果、彼女にはメイという名前がつけられた。名前までつけてしまったらより一層情が移ってしまうのは火を見るより明らかであったが、もう何も言うまい。

最初に出会った時にはがるると威嚇していたというのに、ミミもあの話し合い以降メイに懐いているしな。心なしか、エルマもメイに対する反応が柔らかい気がするし。一体どんな交渉術が展開されたんだ……？

ちなみに、クリスの対応は最初から一貫して好意的でも敵対的でもない。恐らく、従者という存在に慣れているのだろう。その辺りは身体(からだ)が小さくても貴族ということなのだろうか。

「お、こっちも来たわ」

「エルマさん、頑張って」

クリスは体格が小さいということもあって、釣り竿は持っていない。本人も生きている魚は苦手ということだったので、今日は観戦オンリーである。

俺？　俺も釣りはしてるよ。今のところかかってないけどな！　何故(なぜ)だ。

「――」

不意に、俺の側に控えていたメイが空を見上げた。何かあったのかと俺もその視線の先に目を向けてみるが、青空が広がっているだけだ。なんだろう？

「緊急事態が発生しました。皆様、避難してください」

「へ？」

何の脈絡もない発言に頭の中が疑問符で埋め尽くされた。何故にホワイ？　だが、メイが冗談でそんなことを言うとは思えない。俺はすぐさま決断した。

「釣り竿も何もかもこの場に放棄、クリシュナに向かうぞ」

「え？　はいっ、わかりました」

「わかったわ。皆、急いで」

「わかりました」

ミミとエルマが釣り竿をその場に放り出し、俺も同じように釣り竿をその場に放り出してホルスターに収まっているレーザーガンの感触を確かめる。レーザーガンを一応持ってきておいて良かったかもしれない。エルマもレーザーガンに手を当てていた。ミミは……うん、レーザーガンなんて持ってきてないよな。まぁ、ミミの腕だと誤射とかが怖いので、かえって良かったかもしれない。

「で、緊急事態ってのは何が起きたんだ」

念のためレーザーガンをホルスターから抜き、いつでもセーフティを解除できるようにして走りながらメイに問いかける。メイは息も切らさずに（機械なのだから当たり前だが）走りながら淡々と状況の説明を始めた。

「大規模な宙賊の襲撃です。その数、１００隻以上。大型艦も確認されています。スラスターを取り付けた小惑星と一緒に当惑星に攻撃を仕掛けてきているようです」

「おい、小惑星を使った攻撃はバレるんじゃなかったか？」

「タネはわからないけどどうにか上手くやったんでしょ。もしかしたら超光速ドライブとかシールドを取り付けて同期航行して持ってきたのかもね」

「そんな金のかかることやるか？」

「パトロンがいればできるんじゃない？」

パトロン。なるほどね、つまりクリスの叔父の仕業ってことか。

「宙賊達は軌道上の防衛プラットフォームを攻撃中です。隕石爆撃の目標は赤道にある物資集積場付近のようですからここには直接的な危険は……いえ、何か降下して来ます」

そう言ってメイが目を向けた方向に同じように目を向けると、いくつもの火の玉がものすごいスピードでこちらに向かって飛んできているのが見えた。

海中から何かがせり出してきてレーザー砲らしきもので迎撃を始めたが、全ては落としきれていないように見える。俺達が先日登った山からもレーザー砲のものと思しき光条が放たれているが、迎撃から漏れたいくつかの火の玉が島に着弾した。近くには着弾しなかったようだが、その衝撃は凄まじいもので、足元が少し揺れたように感じた。ロッジのほうに着弾したように思える。

「反応弾では無かったようだな」

「やめてよ縁起でもない」

エルマが心底嫌そうに声を出す。もしあの火の玉が反応弾を積んだミサイルとか砲弾だったら、この島は跡形もなく吹き飛んでただろうな。ロッジにいなかったのも不幸中の幸いだったか。もしかしたら火の玉の直撃で死んでたかもしれないし。

「で、あの火の玉はなんだ？」

「調査中です……動態反応が確認されました。戦闘ロボットのようです」

「うげ」

「うわぁ」

俺とエルマは同時に呻いた。戦闘ロボットというのもピンからキリまであるのだが、ピンのほうだと正直言って生身の人間が敵うものではない。射撃は正確で、頑丈だし、パワーもある。パワーアーマーを着ていれば対等以上に戦える相手だが、生身だとキツい。

キリのほうが来てくれてると良いんだが、そんな甘い手をクリスの叔父さんが打つのかというと正直あまり期待できそうにないな。

「島に配備されている防衛戦力が交戦中です。どこかに身を隠して——第二波が来ます」

「おお、もう……」

岩礁を抜けて砂浜に到達した辺りで先ほどとは別方向から火の玉が飛んできた。迎撃レーザーが発射されたが、やはり火の玉の数が多いせいで全ては落とせなかったようだ。火の玉のうち、中途半端にレーザーを被弾した一発がこちらに向かってくる。

「げ、こっちに来やがる。みんな、伏せろ！」

「きゃあ!?」

隣を走っていたミミを抱いて砂浜に伏せる。クリスはエルマとメイが庇ってくれているようだ。

砂浜とロッジの間辺りに火の玉が着弾し、物凄い音と衝撃、そして振動が襲いかかってくる。ビシビシと小石だか砂粒だかなんなんだかわからんものが身体とか頭とかに当たっている気がするが、よくわからない。

振動が収まった辺りで顔を上げてみると、ロッジと砂浜のちょうど中間辺りに不思議な形状の物体が突き刺さっていた。あまりに見慣れないので今ひとつ例えようがない物体だ。半球状の出っ張りが縦に並んでいる杭、と表現するのが正しいだろうか？

尤も、迎撃レーザーが中途半端に命中したせいか半球状の出っ張りの大半が壊れていたり、融解したりしているようだが。

「みんな、無事か？」

「た、たぶん」

「私は怪我はないと思うわ」

「私も大丈夫だと思います」

「よし、クリシュナに――」

「あれは……ヒロ、撃ちなさい！」

エルマがレーザーガンを構えると同時に杭から半球状の出っ張りがポロリと抜け落ちた。なるほど、球状の物体だったわけか。

球状の物体が変形し始めたので、俺はその物体にレーザーガンを向けて連続で発砲した。当然、最高出力でだ。エルマも容赦なく連射して変形が終わる前に球状の物体を破壊する。

え？　変形が終わる前に攻撃するのは卑怯？　そんなの知ったことか。

「今のが戦闘ロボットか？」

「たぶんね。他は作動不良かしら？　とりあえず、レーザーガンで撃破できるのは僥倖だったわね」

「それは確かに」

手持ちのレーザーガンで歯が立たなかったらお手上げだったな。抵抗もできずに嬲り殺されるしかない。とは言っても、最高出力のレーザーガンを俺とエルマで合わせて20発は撃ち込んだはずなので、かなり耐久力は高そうだ。まったく油断はできないな。

「もう一度全員怪我が無いか確認したらクリシュナに急ぐぞ」

そう言いながら俺はまだ杭にくっついている半球にレーザーガンを撃ち込みまくって破壊しておく。エルマも俺と同じようにレーザーガンを乱射した。エネルギー残量の少なくなったエネルギーパックを外し、リロードしておく。

「エネルギーパックは？」

「私はあと二つ。そっちは？」

「あと四つある。一個そっちにやるか？」

「いいわ。ヒロがより多く弾薬を持っていたほうが良い気がするから」

リロードを終えたエルマはそう言って首を振った。確かに、俺のほうがバンバン撃ちそうな気はするな。呼吸を止めると何故か周りの動きがゆっくりになったりするし。

「はいよ。ミミ、クリス、メイも行くぞ」

「は、はいっ！」

「わかりました」

「はい。お二人は私の後ろに」

非戦闘員のミミとクリスを庇うようにしてメイが前に立つ。メイのボディが俺の注文した通りのカスタマイズ品ならもっと遥かに楽にこの場を乗り切れそうな気がするけど、無いものねだりしても仕方がないか。

俺達は慎重に辺りの様子を窺いながらクリシュナへと向かうことにした。

問題はな、あっちにはより多くの戦闘ロボットが降下してるっぽいところなんだよな。この島に配備されている防衛戦力とやらに期待するとしよう。

☆★☆

やぁ、君達のヒーロー、キャプテン・ヒロだぞ。

浜辺に落ちた戦闘ロボットを容赦なく破壊した俺達は前進してなんとかロッジまで辿り着いたんだが、ロッジはそれはもう凄惨な状態になっていた。窓のガラスは戦闘ロボット降下時の衝撃波か何かで全て割れ、流れ弾——流れレーザー？　でも当たったのか、ロッジには焦げて爆発したような痕も多く見られる。

とまぁ、そんな悲惨な状態のロッジだが、遮蔽物として身を隠すのにはまだそれなりに役に立つので、俺達はロッジの側に潜伏していた。

え？　一刻も早くクリシュナに行くべきじゃないのかって？　そりゃそうだな。それができればな。

「あの中に飛び込んでいくのは無理ねぇ……」

「死んじゃいますね」

「自殺行為ですね」

「はい。大変危険です」

ロッジのすぐ側にある生け垣に隠れている俺達の視線の先では球状の物体が変形したらしい戦闘ロボットと、この島の防衛戦力と思われるロボットが死闘を繰り広げていた。

敵側の戦闘ロボットは球状の機体下部が三つに割れてそれが三本の脚になっているようだ。球状のボディの上半分も変形し、レーザーを発射する武器腕が四本展開されている。なかなか高火力な機体のようである。

対する島の防衛戦力はなんというか……個性的である。２ｍ近くある岩みたいなヤシガニっぽいやつ、どう見てもゴリラにしか見えないやつ、機械めいた犬のようなもの、地面から生えているレーザー砲台、レーザーライフルを持ったメイドロイド……あ、ゴリラが突進して敵の戦闘ロボットをぶっ壊した。流石ゴリラ、ゴリラは強い。

「しかしクリスの叔父様はこんなことをやらかして当局の追及を逃れられるのかね……？」

「どうだかね。案外足がつかないように上手くやってるのかも。一切エネルを使わず、レアメタルだけを使って賊に資金援助、戦闘ロボットの入手ルートにも気を遣ってるとかかしら。反応弾を使わなかったのもそういうことかもね」

俺の呟きを聞いたのか、エルマが自分の推測を口にする。

「どういうことですか？」

「リゾート惑星に反応弾なんて撃ち込んだら帝国も黙っちゃいないでしょ。徹底的な捜査で尻尾を掴まれるんじゃない？　だから、恐らく自分が御することができるギリギリを攻めてきているんじゃないかしら」

「帝国はそんなに反応弾を危険視しているのか？」

前に帝国の隣国であるベレベレム連邦に反応弾頭を搭載した対艦魚雷を使ったんだが、スムーズにとは言えないがちゃんと補給はできたんだよな。その割に管理が緩くないか？

「傭兵なんてそう数も多くないしね。きっちりマークはされてると思うわよ？」

「そうなのか……まぁそうか」

そもそもそんなことを言い出したら反応弾どころの話じゃなく、コロニーや宇宙ステーションを攻撃できる戦闘艦そのものが規制されるか。どういった経緯で傭兵のような存在がこの宇宙で生まれ、認知されてきたのか、ちょっと興味が湧いてきたな。

「ヒロ様、クリシュナは無事なんですか？」

エルマと話をしているとミミが心配そうな声でそう聞いてきた。なるほど、それは心配だよな。

「ああ。さっき端末から遠隔でシールドを起動しておいたから多分大丈夫。しかし、今思えば俺かエルマは常に船に残ってたほうが良かったのかもな」

「後知恵ね。そもそも惑星の防衛機構を突破してここにピンポイントに攻撃してくるとは思わなかったし」

「皆様の安全を守ることができず大変申し訳なく思っております」

メイが屈んで生け垣に身を隠したままペコリと頭を下げた。

「うーん、俺達が持ち込んだトラブルみたいなもんだしなぁ……」

これって襲撃で壊れた施設の弁償とか俺達がすることになるんだろうか？　嫌だなぁ。

「とにかく援護射撃をするか。皆は顔を出すなよ」

生け垣から上半身を出してレーザーガンを構え、息を止める。すると、急に回りの時間がゆっくりと動くように感じられた。そんなゆっくりと動く世界の中で俺はレーザーガンの照準を防衛ロボットと交戦している敵側の戦闘ロボットに合わせ、レーザーガンを連射する。

ゆっくりと動く世界の中でもレーザーはまさに光の速度で対象に着弾する。一発、二発、三発、四発、五発、五発当てたところで戦闘ロボットの武器腕がこちらに向き始めた。

「――――ッ！」

その武器腕のうち一本の銃口目掛けてレーザーガンを二連射すると、銃口から飛び込んだこちらのレーザーが武器腕の内部で炸裂でもしたのか、武器腕が半ばから吹き飛んだ。

なるほど？　銃口部が弱点になってるのか。そろそろ息が苦しくなってきたので急いで生け垣の中に身を隠し、荒く息を吐く。

「はっ！　はぁ、はぁ……」

「ヒロ様……」

「大丈夫だ」

息を整え、少し移動して今度は生け垣の横から身を乗り出すようにして息を止め、敵戦闘ロボットの武器腕を積極的に狙っていくことにした。敵の火力を低下させればこちら側の防衛戦力が敵を仕留めてくれるだろうからな。

　武器腕の銃口目掛けて二連射を浴びせ、敵ロボットの火力を奪っていく。そうすると、敵の火力が低下したことを察知したこちら側の防衛ロボットが猛然と反撃を開始した。ヤシガニ型のロボットがシャカシャカと図体に見合わぬスピードで敵戦闘ロボットに接近し、見るからに強靭な鋏を振り回して殴りつける、叩き潰す、ちょんぎる。ゴリラ型のロボットがタックルをかまし、倒れた敵戦闘ロボットに強靭な腕を叩きつける、叩きつける、叩きつける。猟犬型のロボットが敵戦闘ロボットに群がり、噛みつき、爆発する。え？　爆発⁉　自爆兵器なのかあれ⁉　こえぇよ！

　一度均衡が崩れたらもう止まらない。速やかに敵戦闘ロボットは排除され、戦闘は終了した。

「ハウンドが付近を索敵中です。安全確保が確認されるまで少々お待ちください」

「ああ」

　生き残りの猟犬型ロボットが四方に散っていった。猟犬型というかなんというか、スケルトン型？　最低限のパーツで構成されて生物らしい被覆も一切ないメカニカル犬だな。自爆装置を積んでるとかおっかねぇわ。

　ヤシガニとゴリラロボットは俺達の護衛につくようだ。ヤシガニは……装甲の代わりに岩石が使われているのか？　不思議な機械だな。ゴリラ型ロボットはレーザー攻撃を受けたのか、ところどころ毛皮が焦げて機械が露出している。普段は森の中でゴリラに擬態しているのだろうか……？　何のために……？　あ、森林の管理をしているのかな。じゃあのヤシガニは……？　木の剪定でもしてるのだろうか？　この島には不思議がいっぱいだな。

　暫くして安全が確認されたので全員でクリシュナに乗り込む。メイドロイド達やヤシガニ、ゴリラロボも付き添って護衛してくれた。俺的にはこのヤシガニが一番お気に入りだな。なんせデカい。見上げるくらいデカい。ぜひ乗ってみたい。

「なんとか無事にクリシュナに乗れたのは良かったな」

俺とミミ、エルマとクリス、それにメイも一緒にタラップを使ってクリシュナへと乗り込んだ。

「そうですね、ホッとしました」

「すみません……私の事情に巻き込んでしまって」

ミミが小さく息を吐き、クリスが俯いて肩を落とす。かなり気に病んでいるようだ。

「気にしなくてもいいわよ。私達だって善意だけで貴方を守っているわけじゃないしね」

「素直じゃないなぁ」

素直じゃないことを言うエルマに本当のことを言ったらめっちゃ睨まれた。そんなに睨んでもダメだぞ。傭兵としての威厳を保つためにそういう憎まれ口を叩いているってのは完全にバレバレだからな！　必死に背伸びしてる子供みたいで可愛いけど。

「これからどうするんですか？」

「どうするって言ってもなぁ……わざわざこの星の防衛プラットフォームと宙賊がドンパチしているところに突っ込むってのは無いだろう？」

「無いわね。騒ぎが収まるまでクリシュナの中で大人しくしてるのが一番よ。いざとなったらこの星から避難するって手も使えるしね」

エルマの言う『いざとなったら』というのはシエラⅢの防衛プラットフォームが宙賊に破壊されて宙賊がシエラⅢを蹂躙し始めたら、という意味だろう。或いは赤道にあるという物資集積地点に隕石爆撃が着弾してシエラⅢ自体に危険が及んだ場合とかだろうか。

「実際のところ、戦況はどうなんだ？」

「良くはありません。帝国航宙軍に救援要請は出していますが、通信を妨害されているようで応答がありません。それと、宙賊のものと思われる小型艦が惑星への降下を開始しており、大型艦が地表の迎撃施設に軌道爆撃を開始しています」

「おおう、マジで状況は良くないな。ミミ、エルマ、いつでも飛べるようにするぞ」

「わかったわ。クリスはどうする？」

「そうだな……メイ、オペレーションの補助はできるか？」

「はい。必要なアセットはインストール済みです」

「じゃあサブオペレーターシートに座ってくれ。クリスは補助席があるから、そこに座ってもらう」

「わかりました」

通り道にある食堂で軽く水分補給をしながら話し合い、すぐにコックピットへと向かう。大型艦の軌道爆撃や隕石爆撃が直撃すると流石にクリシュナも危ないからな。

「おっと？」

「きゃっ⁉」

ちょうどコックピットに着いたところでクリシュナが揺れた。いや、クリシュナがと言うよりは接地している地面そのものが揺れたのだろう。

「この島に軌道爆撃が迫りつつあります。宙賊の小型艦も集まり始めているようです」

「やはりこの襲撃は叔父様の差し金のようですね」

「わかりきっていたことね。早く船を出しましょう」

「そうだな。ミミ、クリスを補助席に」

「はいっ！」

ミミにクリスの世話を任せ、俺とエルマは一足先にシートに身を躍らせる。

「とりあえず飛ばす。チェックは飛ばしながらやってくれ」

「了解。メインジェネレーター、待機モードから戦闘モードに変更」

「お待たせしましたっ」

「よし、発進させるぞ」

ミミがオペレーターシートに身を落ち着けたのを確認した俺は船を垂直に離陸させた。宇宙空間で姿勢制御を行うスラスターが地上ではそのまま垂直離着陸スラスターになるのだ。

「ミミ、レーダーを注視しておけよ。特に上空――大気圏外からの飛翔物に注意だ」

「軌道爆撃ですか？」

「いや、ここに向かってるって宙賊の連中は恐らく大気圏外から降下してくるはずだからな。メイが言っていたことから考えると、どんどん来るぞ。勿論、軌道爆撃も危ないけど」

ただ、空中を飛び回っているクリシュナに軌道爆撃が直撃することはあまり無いとは思う。大気圏外からの地上目標に対する軌道爆撃は基本的に質量弾で行われるからな。何故なら質量弾のほうが構造物に対する破壊効果が大きいからだ。

ただ、レーザー砲撃が飛んでくる可能性も無くはない。クリシュナの重レーザー砲のような超高出力のレーザー砲だと大気中での減衰は殆ど期待できない。同じような出力を持つ巡洋艦級の艦船が搭載しているレーザー砲であれば十分に軌道上から惑星上の攻撃目標を砲撃することが可能だ。

ただ、宙賊が運用しているような装備だとそこまでの脅威にはならないだろうと思う。帝国航宙軍の巡洋艦なら話は別だが。

「ヒロ、重力下戦闘の経験は？」

「多くはない。でも初めてではない」

「そう。危なっかしいのはやめてよ？」

「それは約束できないな」

敵の宙賊どもは重力下戦闘の素人なのだから、それを利用しない手はないということだ。

「ヒロ様！　10時方向の高空から高速で接近してくる反応が多数あります！」

「早速おいでなすった。エルマ、サブシステムの掌握は任せたぞ」

「了解」

メインスラスターを噴かして一気に高度を取る。重力に逆らっているせいか、ただのまっすぐな加速なのにいつもよりもGがキツい感じがするな。

「ふ……ぅっ！」

背後からクリスの苦しそうな息遣いが聞こえてくるが、残念ながら戦闘中に彼女に配慮している余裕はない。この船の中で慣性制御が一番強く利くのもこのコックピットだから、この船に乗っている以上は耐えてもらう他無いしな。

「ヒロ様、来ます！」

「先手必勝！」

宙賊艦が接近してくる方向に艦首を向け、弾道軌道で大気圏内に再突入してくる宙賊艦に四門の重レーザー砲を連続で発射する。

『うわぁっ⁉　ま、待ち伏せ――』

哀れ、先頭を突き進んできていた宙賊艦はたったの一斉射で爆発四散してしまった。あの爆発の仕方だと恐らく助かるまい。

「ヒロ様！　どんどん来ます！」

「敵艦、回避機動を取り始めたわよ」

「できるだけ削るぞ」

こちらへ向かってまっすぐ降下してくる宙賊艦をひたすら迎撃する。無論、宙賊も真性の馬鹿ではないのでクリシュナに待ち伏せされていると知ればなんとか迎撃されまいと進路を変え、回避機動を取ろうとする。しかし、奴らは弾道軌道でこちらに向かってきている最中だ。大気圏への再突入角度を変えれば着地地点は俺達のいる場所から大きく逸れることになる。

『馬鹿野郎！　突入角度を変えたら着地地点がズレるだろうが⁉』

『あの砲撃に突っ込んだら死ぬわ！　だったらお前らだけで行きやがれ！』

「醜い言い争いをしてるわねぇ」

「どうせ全員死ぬんだけどな」

俺は奴らを一人たりとも逃がすつもりはないし、ミロも奴らを好きにさせるつもりはないだろう。

「ヒロ様！　軌道上から砲撃が来ます！」

「おっと」

散発的に突っ込んでくる宙賊どもを迎撃していると、軌道上の敵大型艦から質量弾による軌道爆撃が降り注いできた。来るのがわかってさえいれば避けるのは簡単だし、当たったとしてもシールドを破られる恐れも無いと思うが、万が一直撃するとシールドごと吹っ飛ばされて海面に叩きつけられる恐れがある。

それは流石に不味いのでどうしても回避運動を取らざるを得ない。

「流石に迎撃効率が落ちるわね」

「致し方ないかと。当たると危険ですから」

エルマとメイが冷静に話をしているが、軌道爆撃を避け始めてからミミとクリスが静かだな。もしかしたら震え上がっているのだろうか？　流石に戦闘中だから横や後ろを向いて確認するわけにはいかないけど。

「ヒ、ヒロ様、遠くに着陸した敵が集結しつつあります」

「一番近いのは？」

「最初に接触してくるのは右舷前方です。その後は順次、四方八方から来ます」

「了解。何にせよここに直接降下してくる連中を叩くのが先決だな」

未だに弾道軌道でこの地点に来ようとしている宙賊が途切れない。コースを外れた後に通常航行で集まってくる奴らへの対処は後だ。

「選り取り見取りねー」

「一隻あたりの賞金額が大したこと無いのが今ひとつなとこだけどな」

「こ、こんな時に余裕ですね……」

「この程度の砲撃なら小惑星帯を高速で飛び回るほうがずっと大変だしな」

「そうよね」

「……考えてみるとそうですね？」

「えぇ……」

俺の発言にエルマとミミが同意し、クリスがドン引きしたような声を上げる。いやだって、ねえ？

質量弾による軌道爆撃っつっても、大型艦三隻程度の弾幕じゃな。言った通り小惑星帯をブンブン飛び回るほうがよっぽど危ない。

『クソッ！　奴を叩き落とせ！』

『褒賞金は俺のもんだっ！』

俺の迎撃を掻い潜って四方八方から押し寄せてきた宙賊どもが広域回線で叫びながらクリシュナへと殺到してくる。

「褒賞金だってよ？」

「いくらかかってるのかしらね――チャフ展開」

「わからんけど、これだけ叩き落としてまだ向かってくるってことはそれなりの額だろうなぁ」

集まってきた宙賊艦の攻撃をシールドで受け止めながら急加速し、一気に高度を取る。

『逃げるぞ！　追え！』

『シーカーミサイルをぶっ放してやれ！』

けたたましい警報音が鳴り響き、後方から大量のシーカーミサイルの反応がクリシュナに迫ってくる。

「エルマ、俺が指示したら緊急冷却と同時にフレアだ」

「了解。雲に突っ込んだタイミングよね」

「その通り——今だ！」

クリシュナが分厚い雲に突っ込み、それと同時にエルマが機体の緊急冷却とフレア射出を実行した。追跡するべき熱源を見失ったシーカーミサイルが射出されたフレアに殺到してクリシュナの後方で誘爆する。

『やったか⁉』

やってねぇよ、と突っ込みたいのを我慢しながら雲を突き抜け、姿勢制御スラスターを使って空中で艦の向きを逆に変える。つまり、クリシュナを後ろ向きで飛ばし始めた。

「あんた、重力下でよくやるわね……」

「別に宇宙船は空力で飛んでるわけじゃないから、ちょっと気をつければ大丈夫だぞ」

空気抵抗と重力がある分船の操作感がかなり変わるから、注意しないと地表とか海面に激突するけどな。

『やってねぇじゃねぇか！』

『つまりまだチャンスがあるってこと——』

クリシュナを追って雲から飛び出してきた宙賊艦に重レーザー砲をガンガンと浴びせていく。

『雲から出るな！　撃たれるぞ！』

『ばっ⁉　急に止まるんじゃねぇ！　雲から出なくたってあっちには丸見えだ馬鹿！』

お？　宙賊の中にも冷静な奴が居るな。光学センサーでは宙賊艦の姿は見えないが、他の各種センサーを通して奴らの居場所は丸見えである。雲の中に撃ち込むとなると流石の重レーザー砲も威力が減衰するが、その分数を撃ち込めば良いのだから何の問題も――。


ボッ！


と、そんな効果音を彷彿とさせる現象が目の前で起こった。

遥か軌道上から投射された質量弾が雲ごとその中でごちゃごちゃとしている宙賊どもを貫き、吹き飛ばしたのである。おいおい、冗談だろう？

「俺の賞金がっ⁉」

「えっ⁉　気にするのそこなんですか⁉」

なんか後ろからクリスが愕然とした声を上げているが、俺としてはそれどころではない。まさかあんな軌道爆撃を避けられないほど宙賊どもが間抜けだとは思っていなかった。これ以上軌道爆撃で数が減ってしまう前に仕留めなければならない。

「ヒロ、功を焦って変なミスはしないでよ？」

「当たり前のことを言わないでくれ……俺はそこまでアホじゃないぞ」

予想外の事態に大混乱に陥っている宙賊の船を一隻ずつ丁寧に叩き落としていく。今もまだ軌道上からの質量爆撃は続いているので、頭上からの落下物には注意しなければならない。

「……圧倒的、なんですね」

「ヒロ様が宙賊に負けることは無いと思います」

クリスの呟きに落ち着いた様子でミミが答える。

既に事態は迎撃戦から掃討戦に移っている。宙賊どもは軌道爆撃の直撃によって統制を失い、俺に向かって無茶な突撃を仕掛けたり、パニックに陥って右往左往したり、宙賊同士で衝突したりと行動が滅茶苦茶だ。

こうなってしまえばこちらにはもう負ける要素がない。迂闊にシーカーミサイルをぶっ放して同士討ちするような連中までいるしな。熱源探知式のシーカーミサイルを敵味方入り乱れている場所でぶっ放せばそらそうなるわ。

「あの、軌道爆撃をしてきている敵は倒しに行かないのですか？」

後ろから聞こえてくるクリスの疑問に俺は苦笑いを浮かべる。

「あー、それね。重力圏から脱出しようとするとどうしても軌道をある程度安定させなきゃならないから、それこそ質量弾で狙い撃ちにされかねないんだよ」

「基本的に上を取られると不利よね。でもクリシュナの重レーザー砲なら反撃できない？」

「威力は高いけど射程が長いわけじゃないから無理だな。流石に遠距離砲撃までできるほどイカれた船じゃない」

出力は高いけど発振器が小さいからどうしても射程がな。もしかしたらワンチャン届くかもしれないが、試す気にはならない。

「軌道上の大型艦はミロに期待したいんだが……メイ、状況は？」

「はい。赤道物資集積場に設置されているマスドライバーによる砲撃が間もなく開始されます。また、展開されているジャミングの無効化に成功。星系に駐留している帝国航宙軍の艦隊が既にこちらに向かってきているとのことです」

サブオペレーターシートからメイの冷静な声が返ってくる。マスドライバーによる砲撃で大型艦を撃破できればよし。そうでなくともすぐに帝国航宙軍の艦隊が救援に来る。となれば、あとはそこらへんをうろちょろしている小型艦を片っ端から叩けばいいだけか。

「マスドライバーによる砲撃が始まりました。着弾まで5、4、3、2、1──今」

メイのカウントダウンが終わった瞬間、遥か空の彼方で何かがパッと光ったように見えた。

「命中を確認しました。第二射、第三射も接近中──命中」

パパッ、と更に二つの光が瞬いた。マスドライバーによる砲撃で軌道上の大型艦は撃破されたらしい。しかし回避もさせずに全部一撃か……侮れないな、マスドライバー砲撃も。

「じゃあ、後は雑魚の掃討を──」

「そちらも私どもが対応致しますので」

「ヒロ様、弾道軌道で何かが来ます！」

敵の増援か⁉　と一瞬身構えたが、今のメイの発言を考えるにミロが送り込んだこちら側の増援だろう。

「多分ミロの送った増援だろ」

「はい。増援というよりは、攻撃ですが」

「攻撃？」

俺が聞き返したその瞬間、上空で何かが炸裂した。

『うわぁぁぁぁぁっ⁉』

『な、何事だっ⁉』

『シールドがっ⁉』

空中で炸裂した何かはどうやら宙賊艦に何かしらの損害を与えたようだ。シールドが吹き飛んだみたいなことを言っているやつも居るし、空中炸裂弾か何かなのだろうか？　クリシュナには一切ダメージが入っていないんだが。

「スマート炸裂弾頭による砲撃です。ミロが直接砲弾の弾道や炸裂箇所の制御をしています」

矢継ぎ早に飛んでくる超大型のスマート炸裂弾が宙賊艦の至近距離で炸裂し、シールドを剥ぎ取って船体を木っ端微塵に打ち砕いていく。これはヤバい。不意打ちで大量に投入されたらクリシュナでも危ないかもしれん。などと考えていると広域通信が入ってきた。

『こちら帝国航宙軍所属の対宙賊独立艦隊よ。直ちに戦闘行動を停止しなさい。皇帝陛下の名の下に、これ以上の狼藉は許さないわ』

どうやらやっと騎兵隊が到着したらしいが……。

「対宙賊独立艦隊」

「……あの人ですね」

「あの子はヒロを追いかけてでもいるのかしら？　随分と執念深いというかなんというか……」

「？」

戦慄する俺達の様子を見てクリスだけが不思議そうに首を傾げた。

「へくちっ！」

「少佐、風邪ですか？」

「いえ、体調は万全のはずだけど……なんか急にくしゃみが。どこかで謂れのない中傷を受けたような……？」

「後でメディカルチェックを受けたほうが良いと思います」

「そうね……そうするわ。それにしても着任早々この事態とはね。良い機会だから徹底的にやりなさい」

「イエスマム！」

#10：バカンスの終わり

陽が落ち始め、空が青から紫色に染まり始めると南の空に多数の流星が見えるようになってきた。

「わぁ、綺麗ですね！」

「宇宙に散った宙賊どもの残骸だろうけどな」

「綺麗だけど汚い流星よねー」

「お二人とも、もう少しこう、ロマンチックな感じになりませんか……？」

「元が汚いおっさん達だと思うとロマンチックもクソもなくない？」

「ヒロ様、宙賊が全員汚いおっさんかどうかはわかりませんよ。もしかしたらおばさんとかお兄さんとかお姉さんもいるかもしれませんし」

「そういう問題？」

いずれにしても元が宙賊だと思うとなんとなく純粋に楽しめないな、俺は。降り注ぐ光のシャワーは確かに見てくれは良いと思うけども。

さて、汚い流星雨のことは横に置いておいて、今の俺達の状況を説明しよう。

降下してきた戦闘ロボットどもをなんとかやり過ごした俺達はクリシュナに逃げ込み、軌道爆撃から逃れるために離陸した。そして降り注ぐ質量弾の雨を掻い潜りながら惑星に降下してきた宙賊艦と派手にやり合い、最終的にはミロが操る超大型マスドライバーを利用した砲撃で宙賊どもを掃討。宙賊が殆ど死に体になったところで帝国航宙軍の対宙賊独立艦隊が到着。彼らとミロが後片付けをしている間は暫く待機ということになり、俺達が滞在していた島に戻ってきたわけだ。

ああ、メイには一旦船から降りてもらった。場合によってはこのまま飛び立つかもしれないからな。勝手に連れて行ったら誘拐――じゃなくて窃盗だし。

あと、ボロボロのロッジに俺達が戻ってきた時点でゴリラロボやヤシガニロボは森に帰っていった。ヤシガニロボ、乗りたかったなぁ。

ちなみに、夕飯時なので動画などを見ながら食事中でもある。今日のメニューは久々にテッジン・フィフスで作ったピザだ。具材の種類も意外と豊富で、なかでも俺のお気に入りは照焼チキンのような具が載ったやつだな。甘辛い肉とソースがピザに実に合う。ジンジャーエールとの相性も抜群だ。

「それで、どうするの？　セレナ少佐に接触する？」

「それなぁ……まぁ、そうしたほうが安全は確保できそうだよなぁ」

この星に避難して一週間。もしかしたらそろそろクリスの祖父さんにメッセージが届いているかもしれない時期である。だとすれば、クリスの祖父さんもクリスの救出に動き出しているだろう。

同時に、クリスの叔父にとっては完全にケツに火がついた状態とも言える。いや、もう手遅れと言っても良い。全てを失うことがほぼ確定した頃とも言える。そういう人間がどういう行動に出るか？　ここで潔く罪を認め、諦めるならクリスはこんな状況に陥ってはいまい。死なば諸共と全身全霊でクリスの命を狙ってくる可能性もある。

「貸しは十分にあるわけですしね。守ってもらうというのは良い手じゃないですか？」

「あら、ミミも傭兵らしくなってきたわね？」

「それはそうですよ。私だって日々成長していますから」

いかにも傭兵らしい思考をするようになったことを褒められたミミがエッヘンと得意げに大きな胸を張っている。うむ、ミミのおっぱいは今日も良いおっぱいだな。その胸部装甲も日々成長しているのだろうか？　興味深いな。

「そのセレナ少佐というのはどういった方なのですか？」

「ああ、残念美人だな」

「残念美人」

「酒乱ね」

「酒乱」

「えっと、帝国軍の対宙賊独立部隊の少佐ですよ。ヒロ様とは何かと……そう、何かと縁がある方ですね」

「粘着質とも言う」

「ストーカーね」

「粘着質のストーカー……あの、大丈夫なんですか？」

クリスが物凄く不安そうな表情を浮かべる。さもありなん。

「ああ、ええと……どこかの侯爵家の令嬢だったよな。どこだっけ？」

「ホールズ侯爵家の令嬢だったはずですよ」

「ホールズ侯爵家……代々軍務系の閣僚や将軍を輩出している名家ですね。私の家との関わりは殆どありませんが」

「そうか。クリス的にはどうなんだ？　帝国軍に助けを求めるというのは」

「そう、ですね。状況が状況ですし、身の安全を確保するためであれば――」

「この件はクリスもダレインワルド伯爵家も関係ないでしょう？　ヒロがごく個人的な自分の伝手を使うだけなんだから。クリスは気にする必要はないわよ」

「そういうものか？」

「そういうものよ。それに、毎回毎回あの少佐殿に良いように使われるのは業腹じゃない。たまにはこっちがあっちをいいように利用してやればいいのよ」

そう言ってエルマは黒い笑みを浮かべた。これはアレだな、襲撃があったら全部セレナ少佐に押し付けるつもりだな？　だが、まぁそれも良いだろう。今までセレナ少佐には散々振り回されたわけだし、そろそろツケを払ってもらおうじゃないか。

「よし、セレナ少佐とコンタクトを取るか」

「その前にミロと連絡を取ったほうが良いんじゃない？」

「そうだな、そうしよう。ミミ、通信を繋いでくれ」

「はい」

ミミがタブレット型端末を操作し、ミロとの通信を繋げる。

『はい。如何致しましたか？』

「ロッジも被害を受けてバカンスどころじゃないし、ちょっと有用な伝手が使えそうだからこの星から発とうと思ってな。手続きとしてはどうすれば良い？」

『はい。まだ滞在期間は残っていますが、一度シエラⅢから飛び立たれますと残りの滞在期間はキャンセルという形になります。ただ、今回は私どもの不手際でお客様にご迷惑をおかけし、ロッジも滞在に適さない状態になってしまったという経緯がありますので、次回利用時の優待割引クーポンをお渡ししたいと思います』

「それは良いわね。楽しかったからまた来ましょう？」

「そうですね！　食べ物も美味しかったですし！」

　ミロの説明にエルマとミミは嬉しそうな顔をしている。うん、俺も心置きなく炭酸飲料を飲めるし入手もできるから次回の滞在が楽しみではあるな。

『ところでメイドロイドのご購入はどうされますか？』

「え？　う、うーん」

「ヒロ様、メイさんを置いていってしまうんですか……？」

　ミロへの返答に詰まった俺をミミが見つめてくる。やめろ、そんな目で見るんじゃあない。

「ま、良いんじゃない？　本来のスペック通りのメイが居れば今回みたいなことがあっても色々と安心よ？」

　エルマもメイの購入に関しては何故か前向きなようだ。

「そうだな……」

「なんでそんな微妙な表情なのよ？」

「男には色々とあるんだよ」

　想像してみて欲しい。とても仲良くしている女性達の前に自分の性癖をこれでもかと詰め込んだ等身大フィギュアが晒されるという状況を。しかもその等身大フィギュアは動き、喋り、創造主である俺に忠誠心をしっかりと示すのだ。とんだ羞恥プレイだとは思わないか？

いや、わかってる。わかってるよ。色々とオープンにしておいて今更だろう？　とは俺自身も思わなくはない。でも頭のてっぺんから爪先まで俺が監修したんだぞ、メイの外観は。恥ずかしく思うのは当然じゃないか。二人がメイを受け容れてくれているのがせめてもの救いだな。

「そうだな。確かにメイが居てくれると色々と助かる。金は即金で払うが、どうすれば良い？」

『はい。お買い上げありがとうございます。ではメイをそのままお連れください。必要な情報はオリエント・インダストリーに通達しておきますので、ご都合のつく時にオリエント・インダストリーのディーラーショップ等にお問い合わせ頂ければ大丈夫です。テスト稼働時のデータもそのまま引き継げるようにしてありますので』

「わかった」

『私の計算サポートがなくなりますので、アップグレードするまでは多少性能が低下すると考えられます。その点はご留意ください』

「そうか……早くアップグレードしてやらないとな」

そういうわけで、メイが俺の船に乗ることになるのであった。なんともあっさりとした手続きである。ネットワーク経由でエネルをポンと払って終わりだ。

「今後も皆様のお世話をさせて頂きます。どうぞよろしくお願い致します」

クリシュナに乗り込んできたメイがそう言って綺麗なお辞儀をする。

「ああ、よろしく」

「よろしくおねがいしますね、メイさん」

「よろしくね。頼りにするわよ」

「はい」

頭を上げ、メイが俺の目の前まで歩み寄ってくる。

「これから末永く使って頂けるようお願い致します。ご主人様」

「お、おう」

赤いフレームの奥から覗く黒い瞳に少々気圧されながら俺はなんとか頷きを返すのだった。

☆★☆

「へくちっ！　くちゅん！　くちゅん！」

「少佐……やはり風邪をお召しなのでは？」

「おかしいわね……起床時のメディカルチェックでは何の異常もなかったんだけど」

「少佐！　シエラⅢから上がってきた所属不明機から通信が入っています」

「所属不明機？」

「はい、機種照合中です……あっ」

「？」

「報告致します、所属不明機の所属が判明しました。傭兵ギルド所属のゴールドランク傭兵、キャプテン・ヒロのクリシュナです」

「へっ……？　あぁっ⁉」

クリシュナからセレナ少佐の率いる対宙賊独立艦隊に通信を入れると、少ししてコックピットのモニター上に見覚えのある姿が表示された。

『久しぶりですね、キャプテン・ヒロ』

「お久しぶりです、セレナ少佐。ご健勝のようで何よりです」

『ええ、それなりにね。それにしても、バカンス中だったのに残念だったわね？』

セレナ少佐は笑顔だが、笑顔の奥からどす黒いオーラが滲み出ているように見える。これは間違いなくリゾートを満喫していたところを襲撃されて内心ざまぁとか思ってる顔だ。

「ははは、何故だか帝国の資産を守るべき栄えある帝国航宙軍の方々の到着が遅かったもので、それなりに稼がせてもらいましたよ。それに一週間とはいえ、バカンスも満喫できましたしね。いやぁ、シエラⅢのリゾートは良かったですよ。食い物も美味かったし、海も綺麗でした」

『そう。それは良かったですね。うふふ……』

俺の煽りにセレナ少佐の笑顔から滲み出てくるどす黒いオーラがその密度を増す。おお、怖い怖い。

「はっはっは。ところで少佐殿」

『何かしら？　キャプテン・ヒロ』

「少佐殿に貸しがありましたよね？」

俺の言葉にセレナ少佐の笑顔が盛大に引き攣った。ははは、良い表情だな。

☆★☆

対宙賊独立艦隊の旗艦である戦艦レスタリアスの格納庫に着艦し、クリシュナから降りた俺達は兵に案内されて艦長室へと向かっていた。

ミミとエルマにとってはアレイン星系で艦隊の教導役を務めた際に何度か訪れた場所であり、俺に至っては割と入り浸っていた場所でもあるので案内は要らないのだが、まぁこれも案内役を任された兵士の大切なお役目なのだろうから黙って案内されておく。

一方、初めて帝国軍の戦艦の中に入ったクリスにとってはこの体験は非常に稀有なものであったらしく、目を輝かせてあちこちに視線を向けているのであった。戦艦の内部は基本的に壁も床も金属製なので、転んだりしたら結構痛い。というか下手をすれば怪我をする。なので、クリスが転んだりしないようにミミが手を引いてやっていたりする。なんとなくほっこりとする光景だな。

ちなみに、メイはクリシュナでお留守番である。流石にレスタリアス内でクリシュナに何かをする人物などいないだろうが、念には念を入れてというわけだ。

「艦長、キャプテン・ヒロ御一行を案内して参りました」

『ご苦労様。任務に戻って頂戴』

艦長室の扉の前に辿り着き、兵が扉に向かって声をかけるとスピーカー越しにセレナ少佐の声が聞こえてきた。

「はっ、失礼致します」

俺達をここまで案内してきてくれた兵がドア越しにセレナ少佐に敬礼をして去っていく。うーん、さすが軍人。キッチリしてるな。

などと思っていたら、艦長室の扉がひとりでに開いた。

「どうぞ、入って」

中からセレナ少佐の声が聞こえてきたので、素直にその言葉に従って全員が艦長室の中へと入る。

艦長室の中は意外とスッキリしていた。執務机のようなものが一つ、応接セットのようなものが一組、壁際には戸棚のようなものがあり、そこには勲章や盾のようなもの、そして何振りかの剣などが収められている。剣かっこいいな。俺も欲しい。使い途は無いけど。

「この度は私どものようないち傭兵の要請に応じていただきありがとうございます」

「やめてください、鳥肌が立ちます」

「そうか？　それじゃあいつも通りの感じでいかせてもらうよ」

「はぁ……まぁ、いいでしょう。それで、今回はどうしたんですか？　単にリゾート惑星で遊んでいたのを自慢しに来ただけなら刺し違えてでも斬り捨てますよ」

「やだこわい。いや、割と真面目な話なんだ。今回シエラⅢを襲撃した宙賊、妙だと思わないか？」

俺の言葉にセレナ少佐が赤い瞳を細めてみせた。俺の言葉に思うところがあるらしい。

「襲撃規模もさることながら、小惑星に亜光速ドライブを仕込んで隕石爆撃なんてそうそうできることじゃない、って話だな。何者かが裏にいると考えるのが妥当だろう？　そして、その何者かというやつに心当たりがあるんだよ」

「興味深いですね。是非聞かせてもらいたいですが……何が目的ですか？」

「なに。暫くの間——一週間か二週間くらいの間、行動を共にさせてもらいたいだけだ。できれば帝国軍経由で補給もお願いしたい」

「それが目的ですか……我が艦隊を盾にするつもりですね？」

「盾だなんてそんな人聞きの悪い。巨悪を相手に共に戦う仲間になって欲しいだけだ。期間限定で」

「物は言いようですね……それで？」

　どういう事情なのか？　ということを言外に漂わせてセレナ少佐が事情の説明を促してきた。さて、どこから話したものか。

「最初から全て話したほうが良いかな？」

「そのほうが良いんじゃないでしょうか？」

「そうね、クリスのことから話したほうが良いと思うわよ」

　俺達三人の視線がクリスに向けられる。遅れてセレナ少佐の視線もクリスに注がれたようで、クリスは少し居心地が悪そうにしていた。まぁ最初から話すのが妥当か。

「まず、この星系に来た途端に宙賊に絡まれてな。インターディクターで亜光速ドライブを解除されて、それを返り討ちにしたんだ」

「相変わらずトラブルに巻き込まれやすいようですね。それで？」

「その宙賊どもの残骸の中からコールドスリープポッドを見つけてな。その中身がこのクリスだ。本名はクリスティーナ・ダレインワルド。ダレインワルド伯爵家の直系の娘で、現ダレインワルド伯爵の孫娘だな」

「ダレインワルド伯爵家……確か何ヶ月か前に跡継ぎ一家が宙賊の襲撃で亡くなったと聞いていましたが。成程、生き残りが……待ってください、ということは？」

「宙賊の襲撃に見せかけた跡継ぎ争いだったらしい。そして、クリスが生き残っていることが発覚して跡継ぎ争いが再燃しているわけだ。今回の宙賊の襲撃もクリスの叔父である……なんつったっけ？」

「バルタザール・ダレインワルドですよ、ヒロ様」

ミミがそっとクリスの叔父の名前を耳打ちしてくれた。

「おお、そうだ。バルタザールとかいうおっさんの手引きである可能性が高い。現に、俺達が滞在していた島にピンポイントで戦闘用ロボットが降下してきたしな」

「……ちょっと詳しく話を聞かせてもらいましょうか」

立ち話もなんだ、ということで皆で応接セットに座って今までの経緯と、襲撃について説明を行う。戦闘ロボットの降下に関してはメイがミロから受け取っていたデータがあり、ミミのタブレット端末を経由して用いられた戦闘ロボットや使用されたであろうドロップシップ——軍用のステルスドロップシップと思われる——に関するデータも含めて全てが引き渡された。

「……ざっと目を通しましたが、割と洒落にならない情報がありますね」

データを確認したセレナ少佐が盛大に顔をしかめた。

「ステルスドロップシップか？」

「そうですね、本来は軍以外で運用されていることなど考えられないものです。どのような手段で手に入れたのか……」

戦闘ロボットに関してはそれなりに高性能ではあるものの、貴族ならば手に入れられてもおかしくないグレードのものであるらしい。流石に軍用グレードの高性能機だったら俺達も無事では済まなかっただろうな。

「我々、というか帝国軍としても見過ごせない事態であるということはわかりました。つまり、そのバルタザールとやらが最後の足掻き(あがき)とばかりに何かをやらかしそうだから、私の艦隊を隠れ蓑(かくれみの)にしようというわけですね」

「まぁとどのつまりそういうことだな」

「素直に認めましたね……」

「こういうのを誤魔化(ごまか)すのは好きじゃないから。俺は誠実な男なんだ。それに、もしそうなったらそっちにとっても悪い話じゃないだろ？」

「はぁ……まぁ、いいでしょう。高くつきますよ？」

「貸しを返してもらうだけだから高くつくも何もないよなぁ？」

「ぐぬぬ……」

セレナ少佐が悔しげな表情を見せながら生まれたての子鹿のようにプルプルと震える。ははは、気分が良いなぁ。

「逆に考えるんだ。通常業務をこなしているだけで借りがチャラになると思えば安いものじゃないか」

「はいはい、そうですね……まったく。ではキャプテン・ヒロ。貴方を民間補給部隊の護衛として雇います。そういうことで良いですね？」

「ハイヨロコンデー、とはならないな。具体的な内容を教えてもらおうか」

「……ちっ」

おい、舌打ちしたぞこの女。

「我が艦隊と密接に接触して補給を行ってくれているホールズ侯爵家——オホン。個人所有の輸送船が二隻存在しています。一つはペリカンⅣ、もう一つはフライングトータスですね。こちらの二隻の護衛として雇わせてもらおうというわけです」

「おい待て。独立部隊と一緒に行動しているホールズ侯爵家所有の輸送艦って宙賊どもに対する生き餌じゃないのか」

「オホホ、人聞きの悪いことを仰いますわね。何故か頻繁に宙賊に襲われて、偶然我々が救助することが多いだけですわ。ですが、貴方達の敵対者を炙り出して始末するには一番良いのではなくて？」

散々煽られた鬱憤が溜まっていたのか、憎たらしい表情でセレナ少佐が煽ってくる。くっ、確かに炙り出して一網打尽にするなら有効な手ではあるかもしれないが……まぁ、俺達だけで相手にするよりは遥かに安全か。少し時間を稼げば対宙賊独立艦隊が駆けつけてくるわけだし。

「まぁ、それでいいや。それで、報酬は？」

「ゴールドランク傭兵に対する標準的な雇用費は一日あたり8万エネルですね」

「……安くね？」

「賞金のついた宙賊を撃破すればその賞金は別途入りますから」

俺はエルマに視線を向ける。

「立場を考えれば報酬が出るだけマシじゃない？」

「そうか……わかった。じゃあその内容で」

「わかりました。では正式な書類を作って傭兵ギルドを通しますので、船で待機していてください」

「了解」

「クリスティーナさんはよろしければこちらで保護しますが？」

そう言ってセレナ少佐がクリスに視線を向ける。続けて俺も視線を向けると、クリスはフルフルと首を振った。どうやらクリシュナに残りたいらしい。

「だそうだ。お気遣い感謝する」

「そうですか。まぁ、軍人だらけの船というのは女の子には少し酷な環境ですからしかたありませんね」

納得するようにセレナ少佐が頷く。いや、それを言ったらセレナ少佐も女の子なのでは？　と内心首を傾げながら視線を向けると。

「私はちゃんと訓練を受けた貴族で、軍人ですから。剣も持っていますしね」

そう言ってセレナ少佐は不敵な笑みを浮かべた。剣を持っているから何なんだろう。フォースに導かれし者のようにレーザーを防いだり反射したり、念動力を使ったりするんだろうか？　謎の言葉だ。

「じゃあ、失礼する」

「ええ、船まで送るための兵を呼びましょう。迷って機密区画に入ってしまったら大変なことになりますから」

そう言ってセレナ少佐は小型通信機を操作してどこかに連絡をし始めた。

一時はどうなることかと思ったが、これで俺達だけで居るよりは多少は危険の度合いが減っただろう。いやぁ、持つべきものはコネだよな。

エピローグ

　クリシュナに戻り、とりあえず休憩ということになった。降下してきた戦闘ロボットや宙賊相手に大立ち回りをして一段落し、夕食をとった後にシエラⅢを発ってセレナ少佐に接触したので、俺達の感覚的にはそろそろ就寝時間である。

　一番風呂を頂き、自室に戻ってラフな格好でベッドに腰掛ける。あの全自動風呂は楽だし気持ち良いんだけど、風呂に入った後の気怠さ混じりの心地良さが持続しないのが難点だな。

　寝る前に今日叩き落とした宙賊の総賞金額をチェックしようかとタブレット端末を手にしたところで部屋への入室要請を知らせるブザーが鳴った。

　誰だろう？　と首を傾げながら遠隔操作で扉を開けると、部屋の出入り口に立っているのは風呂を上がったばかりと思われるクリスであった。はて？

「どうした？」

「……お話がしたくて」

「構わないぞ」

　今日はギリギリ下着姿でも上半身裸でも無いので、クリスを部屋に招き入れて椅子を勧める。俺は変わらずベッドに腰掛け、クリスと向かい合う形になった。

　クリスの格好はピンク色のワンピースのような寝間着であった。色っぽいというよりは可愛らしい感じの装いだ。

「今日は疲れただろう？　重力下戦闘でのＧはかなりキツかったし」

鍛えている俺でもそこそこ身体に響くのだから、普通の女の子であるクリスにはさぞかし負担となったことだろうな。明日の朝にでもメディカルチェックを受けさせておいたほうが良いかもしれない。

「はい、少しだけ。でも、ヒロ様達と一緒にいるとドキドキすることばかりで……」

「ちょっと楽しい？」

「はい」

はにかんだような笑みを浮かべるクリスを見て俺も思わず笑みを浮かべてしまう。

「いつもこんなにドタバタしているわけじゃないんだけどな。バカンスを一週間で終えることになったのは少し惜しかった」

「そうですね。お魚を釣り損ねてしまったのは残念です」

少しだけ残念そうな表情を見せるクリスを横目に、ベッドの枕元にある操作盤で少しだけ空調の温度を上げておく。クリスが湯冷めしたら大変だからな。しかし、自分から訪ねてきたのに積極的に話題を振ってくる様子がないな？

「何か悩み事か？」

「……」

クリスは俯いてだんまりである。あー、俺はエスパーじゃないし特別察しが良いわけでも、女心の機微に敏感なわけでもないんだよなぁ。そうやって黙られてしまうと俺は困ってしまう。

「んー……とりあえず、こっち来るか？」

　ポンポン、と俺の隣を手で叩くとクリスはコクリと頷いてトテトテと歩いてきて俺の隣に座った。

クリスの何気ない一挙手一投足が可愛く見えるのは俺がロリコンだからではない、と思う。

「話しにくいことか？」

「そう……ですね」

　そういう風に顔を赤くしてもじもじされるとその……困る。俺はロリコンではないが、目覚めてしまいそうになるじゃないか。

「あの」

「うん」

「ヒロ様はやはり背の高い、女性らしい方が好みなんですよね……？」

「うん……？　まぁ、うん。そうね」

「そうですよね……」

　クリスが肩を落としてしゅんとなってしまう。ぺたぺたと自分の胸の辺りを触っているのはまぁ、そういうことなのだろう。

「クリス、俺は君が嫌いじゃない。というか、どちらかと言えば好きだ。クリスは可愛いし、守ってあげたくなる」

「は、はいっ……！」

「でも、クリスに手を出すつもりはないから。傭兵（ようへい）が護衛対象に手を出すとか信用に関わるし、前にも言ったと思うけどこの状況でクリスに手を出すのはクリスのお祖父（じい）さんへの仁義にもとる」

「うっ……」

「あと、単純な問題もある」

「?」

「下世話な話になるけど、無理じゃないかな。物理的に」

左手と右手の人差し指を使って何のとは言わないが長さとか太さとかを表現する。何のとは言わないけど。

「あわわ……」

俺が何を表現したのかは理解できたらしく。クリスが顔を真っ赤にする。

「身体が成熟しきってない子に無茶をする気はないからな」

「……ミミさんとそんなに身長は変わらないですけど」

「それを言われると割と立つ瀬がないな!　でもミミはちゃんと成人年齢に達してるから。クリスはまだだろう?」

「……むぅ」

クリスが俺の胸に頭をぶつけてくる。ははは、こやつめ。

「そんなに焦らなくても——」

「焦りますよ。ヒロ様とこうしていられるのはお祖父様が迎えに来るまでなんですから」

俺に体重を預けながらクリスは呟くような小さな声でそう言った。

「……それはまぁ、そうね」

視線を天井に向けながら右手で頬を掻く。

クリスの叔父――バルタザールとの決着がついたら、クリスはダレインワルド伯爵家に残る唯一の直系の後継者ということになる。伯爵家ともなれば分家や陪臣の中に本家を継ぐに足る人材がいるかもしれないが、クリスが生きているのであればそういった人材の出番はあるまい。クリスに家を継がせて婿を取ればダレインワルド伯爵家はその血脈を保てるのだから。

そうなれば、お祖父様の計らいでクリスに相応しい結婚相手が用意されるということは想像に難くない。帝国貴族の結婚観を把握していないから絶対にそうだという確信は無いが、こちらの世界に来てから収集した情報から総合的に考えて俺のイメージは大きく間違っていないだろうと思う。

つまり、俺の出る幕は無いわけだ。クリスの心情は別として、ダレインワルド伯爵家としてはそういう判断になる。当たり前だよな？　どこの馬の骨ともわからない傭兵の血をダレインワルド伯爵家に入れる理由など、どこにもないのだから。

「なぁ、クリス。俺は――」

と、クリスに視線を向けて言葉をかけようとしたところで柔らかなものに口を塞がれた。クリスの柔らかな人差し指が俺の唇をそっと塞いだのだ。

「わかってます。でも、言わないでください。もう少しだけ、このまま……」

そう言ってクリスは俺の胸に顔を埋め、胴に腕を回してギュッと抱きついてきた。俺はその背中をポンポンと叩いて考える。うーん……どう考えてもクリスとそういう仲になるのはなぁ。本当ならキッパリと断るのが良い大人ってやつなんだろうけど。

「……」

俺に抱きついたまま動かないクリスの頭のてっぺんを見て溜息を吐く。最終的にそうなるとしても、今はまだ良いか。

「……寝るか、このまま」

「……!?」

「お姫様のご用命とあれば枕役くらいは務めさせていただきますよ……ふあぁ」

硬直するクリスをそのままに、俺はあくびをしてベッドに身を横たえる。クリスは暫く逡巡していたようだが、最終的には俺と一緒に寝ることにしたようで遠慮がちながらも俺の隣に身を横たえてピッタリと寄り添ってきた。

「照明落とすぞ」

「はい」

室内照明の光量を落とし、部屋を薄暗くする。クリスは落ち着かないのか暫くもぞもぞしていたが、そのうちに静かに寝息を立て始めた。

ま、こうしていられるのも僅かな間だ。全てを彼女の望むようにはできないが、俺にできる範囲でこの小さな女の子の望みを叶えてあげよう。そう心に決めながら俺もまた意識を手放し、夢の世界へと旅立つのであった。

あとがき

『目覚めたら最強装備と宇宙船持ちだったので、一戸建て目指して傭兵(ようへい)として自由に生きたい』の三巻を手に取っていただきありがとうございます。タイトルの長さはもう諦(あきら)めようね！

どうも、リュートです。三巻も無事発売となり、ホッと胸を撫(な)で下(お)ろしております。

コミックス一巻も発売となりました！　松井俊壱(しゅんいち)さんの描くエルマとミミも可愛(かわい)い……！


作者の近況は特に興味も持たれないと思うのでサラッと。生活はあまり変わりありませんでした、はい。元々引きこもり気味だったので。ＨＡＨＡＨＡ！　お犬様は今日も元気です。


早速小説の話ですが……今回は水着回！　貴族のお嬢様クリスとメイドロイドのメイも登場！

金髪や銀髪も良いけど、やっぱり黒髪は良いなぁ……！　鍋島(なべしま)テツヒロさんが描かれる女の子は本当に美人……ヒロはやっぱりいつか爆発したほうが良いな。

では今回もやりましょう。第三回、作中では語られないちょっとした設定を語るコーナー！

今回はリゾート星系についてお話ししましょう。

一口にリゾート星系と言っても、その実態は様々です。シエラ星系は自然レジャー系のリゾート星系で、人類にとって快適な環境にテラフォーミングされた海洋惑星や大陸型惑星、寒冷惑星がありそれぞれ特徴的なサービスを提供しています。

大陸型惑星のシエラⅡでは温泉を利用したスパリゾートが売りとなっていて、今回の舞台であるシエラⅢではマリンリゾートを提供しており、寒冷惑星のシエラⅣではスキーリゾートを楽しむことができます。

シエラ星系以外にもリゾート星系は存在し、例えばカジノやコロシアムなどが設置されている歓楽コロニーが主体のリゾート星系や、最先端医療技術によるアンチエイジング等を売りとしている医療系リゾート星系もあります。

え？　えっちなやつ？　多分歓楽コロニーが主体のリゾート星系に沢山あると思うよ！

まぁそういうのはどこでも需要があるので、リゾート星系には多かれ少なかれそういうサービスを提供するところはあるでしょう。シエラⅢにもメイドロイドが居ますし、他にも多分何かあります。ええ、多分。


さて、今回はこの辺りで失礼させていただきます！

担当のKさん、イラストを担当してくださった鍋島テツヒロさん、本巻の発行に関わってくださった皆様、そして何より本巻を手に取ってくださった読者の皆様に厚く御礼申し上げます。

次は四巻でお会い致しましょう！　出ると良いな！　四巻！

リュート

お便りはこちらまで

〒102－8078
カドカワBOOKS編集部　気付
リュート（様）宛
鍋島テツヒロ（様）宛

カドカワBOOKS

目覚めたら最強装備と宇宙船持ちだったので、一戸建て目指して傭兵として自由に生きたい 3

2020年7月10日　初版発行

著者／リュート
発行者／青柳昌行
発行／株式会社KADOKAWA
〒102-8177
東京都千代田区富士見2-13-3
電話／0570-002-301（ナビダイヤル）
編集／カドカワBOOKS編集部
印刷所／大日本印刷
製本所／大日本印刷

Printed in Japan
ISBN 978-4-04-073702-7 C0093

新文芸宣言

かつて「知」と「美」は特権階級の所有物でした。

15世紀、グーテンベルクが発明した活版印刷技術は、特権階級から「知」と「美」を解放し、ルネサンスや宗教改革を導きました。市民革命や産業革命も、大衆に「知」と「美」が広まらなければ起こりえませんでした。人間は、本を読むことにより、自由と平等を獲得していったのです。

21世紀、インターネット技術により、第二の「知」と「美」の解放が起こりました。一部の選ばれた才能を持つ者だけが文章や絵、映像を発表できる時代は終わり、誰もがネット上で自己表現を出来る時代がやってきました。

UGC（ユーザージェネレイテッドコンテンツ）の波は、今世界を席巻しています。UGCから生まれた小説は、一般大衆からの批評を取り込みながら内容を充実させて行きます。受け手と送り手の情報の交換によって、UGCは量的な評価を獲得し、爆発的にその数を増やしているのです。

こうしたUGCから生まれた小説群を、私たちは「新文芸」と名付けました。

新文芸は、インターネットによる新しい「知」と「美」の形です。

2015年10月10日

井上伸一郎